スキル【僕だけの農場】はチートでした

～辺境領地を世界で一番住みやすい国にします～

Author
カムイイムカ
Kamui Imuka

Illustration
LLLthika

Skill “Bokudake no Noujyou” ha Cheat deshita

登場人物紹介
ギュスタ
ヘイゼル王国の辺境に
領地を持つ男爵。
ウィンの父。
リリス
ウィンの母。
かなりのさみしがり屋。
ウィン
元社畜の転生者。
自分だけの農場に入る
特別なスキルを持つ。
モニカ
ウィンの妹。
活発な少女で兄思い。

ランス
ヘイゼル王国の
王子にして
勇者の称号を持つ。
アウグスト
ヘイゼル王国の貴族。
父親への負い目から
荒んだ生活を送っている。
カエデ
ウィンを守る侍少女。
居合切りの達人。
ヴィクトリア
白銀の鎧を纏う女騎士。
ウィンを神と崇める。

第一章　辺境貴族の苦悩

僕はウィン。異世界転生を果たして、見事〝当たり〟である貴族の家に生まれた元日本人サラリーマンだ。

前世では三十歳だった記憶があるので、自分を僕と言うのは恥ずかしいが、こっちではまだ七歳だからそっちの方が違和感がない。

周りからも可愛いと褒《ほ》められているし、よしとしておこう。

当たりとは言ったものの、僕が生まれたのは田舎《いなか》の男爵家《だんしゃくけ》で、ヘイゼル王国の王都から一番離れた位置にある海沿いの小さな土地が領地だ。

領内には三つの村があって、全部合わせても人口はわずか二百人ほど。沿岸部では塩害で作物が育たないし、内陸はほとんど砂漠化しているせいで、食べ物に困っている。

海水から塩を作って財政をやりくりしているけど、塩の値が下がったり売れなくなったりしたら、ちょっとマズい。

僕の前世の死因は過労。最期に見た光景は農場ゲームでメインヒロインと結婚したところだった。

死後、神様と話す機会を与えられて、そこで「やっと結婚したのに」などと運のなさを愚痴《ぐち》ったら、なんとも僕向きのチートスキルをもらえた。

【僕《ぼく》だけの農場《のうじょう》】は現実世界とは隔絶された空間に農場を持つことができるスキルだ。

その名の通り、畑で作物を育てたり牛などの家畜を飼ったりできる。そして、農場の小屋の横にある『納品箱』を介して、現実世界と農場との間でアイテムのやりとりが可能らしい。

僕が転生した世界の文明の発展度合は、中世ヨーロッパ程度だ。魔法もあるようだが、残念ながら僕には魔法の源である魔素《マナ》を扱う才能がないから使えない。

その代わりに【僕だけの農場】をもらえたってことだと思う。

ないものねだりしても仕方ないので、与えられたチート能力を活用して生きていくことにした。

今度は過労死しないように、のほほんスローライフを送るぞ～。

そんなわけで、僕は今日も【僕だけの農場】に来ている。

現実世界の僕は、家の近くを散歩している途中。休憩中にふと気になって、農場の様子を見に来たんだ。

農場にいる間、現実世界の時間は止まっている。神様が言うには、僕の精神だけを移動させているらしいので、ここにいた時間の分も歳を取るみたいなことはないんだってさ。

農場には畑の他に小さな小屋と動物を飼える柵付きの牧場がある。

最初は石や雑草、木なんかがもっさもっさで大変だったよ。それを全部整備するのに一年くらいかかった。

実は一歳から時々農場に来ていたんだけど、赤ん坊の体でできることはほとんどない。六歳になってやっと、自力で石とか小枝とかを集めて、小屋の横にある大きな木箱——納品箱に入れられるようになった。

納品すると現実世界に送るか、ポイントに変換するかを選べて、貯めたポイントは農場のアイテムと交換できる。

もちろん、石や小枝を現実世界に持ってきても意味がないのでポイントに変えておいたんだけど、その手のガラクタじゃそんなにポイントは貯まらないんだよね。

やっぱり、野菜とか果物を育てて納品しないとダメっぽい。

とはいえ、そのポイントで農業道具を買えたのは大きな一歩だったよ。道具を最初から持っていないのは結構厳しいと思ったな〜。とはいえ、前世は過労死したほどの社畜だったので、こんな苦労は苦労のうちに入らないのでした。

納品箱を触って、ポイントショップを開く。今買えるのはこんな感じ。

木の鍬《くわ》：五十ポイント　木の斧《おの》：五十ポイント　木のジョウロ：五十ポイント
木の鎌：五十ポイント

とりあえず、今まで集めた石と雑草、小枝なんかを変換して百ポイントになったので、木の鍬と木のジョウロに換えておいた。

これらの道具は一個しか買えないらしく、購入したら鍬とジョウロはリストから消えてしまった。

そもそもポイントが足りていないのもあるが、今のところ問題はない。

このポイント取引は、買ったらすぐに小屋に届くから、とっても便利だ。

斧を買って、木を切って納品するのもありだが、実は雑草を抜いた時に『何かの種』っていうアイテムを手に入れていた。早速植えていこうと思う。

鍬で耕して、種を蒔《ま》く。

少し離れた所にある川の水を汲《く》んできて、ジョウロで撒《ま》くと、見る間に芽が出てきた。

雑草からとれた種は五十個。初めてだから全部蒔いたけど、何ができるのか楽しみだ。

◇

これ以上農場でやることもないので、元の世界に戻る。

木陰《こかげ》で休んでいると、女性の声が聞こえてきた。

「ウィン、どこに行っていたの、捜《さが》したのよ」

「お母様、どうしたのですか、そんなに急いで。僕はどこにも行っていませんよ？」

この人が僕のお母様。名前はリリス、金髪縦ロールの綺麗《きれい》な人です。前世で会っていたら告白していたかもしれない――って、そんな度胸あったら、彼女の一人くらいできていたか……。

「ちょっと抱きしめたくなったのよ。あの人ったら、王都へ行ってしまっているしね」

ギュスタお父様は食料調達のために王都に行っていてしばらく不在だから、僕に構ってほしいらしい。

「ははは、お母様は本当に寂しがり屋ですね」

お母様はとっても寂しがり屋で、朝起きたらすぐに僕やモニカのところに来て抱きしめてくれる。たとえ子供扱いでも、男としては好みの女性に抱きしめられるのは嬉《うれ》しい。

「もう！　お母様！　お兄様が痛そうです」

頬《ほお》を膨《ふく》らませながら駆けてきた少女は、妹のモニカ。お母様と一緒で寂しがり屋だから、よく一緒に寝ている。おかげでお母様は僕の部屋に来るだけで二人とも抱きしめられるから嬉しそうだ。

「モニカ、そんなことはないわ。強くしていないもの」

「私だってお兄様を捜していたのに。お母様は本当に足が速いんですから」

「ふふ、私はあなた達の母親よ？　あなた達を抱きしめるためだったら、風になるわ」

得意げに返すお母様。そんなに思いっきり走って、転ばないか心配だ。

「それよりも、食事の時間です。行きましょ、お兄様」

「もう、モニカはせっかちね」

僕はモニカに手を引かれて、小高い丘の上に立つお屋敷へ向かう。田舎貴族だから、僕らの家は結構ぼろっちい。それでも、家族と一緒に幸せに暮らせるのならば、全然気にならなかった。

◇

「ええ!?　もう実がなってる」

翌日、農場の様子を見に行くと、昨日植えた『何かの種』が僕の身長くらいまで成長して、実をつけていた。五十個の種全てが同じというわけではなく、色んな植物が生《は》えている。三分の二くらいは雑草で、ぺんぺん草の背が高い版といったところだ。

しかし、中には見てわかる野菜もあった。

赤くて中身がジューシーな太っちょさん、トマトさんです。

見事にぷりぷりと太っていて、美味《おい》しそう。他にも、キュウリやジャガイモもある。

いずれも三個ずつあるから、一個くらい現実世界に持って帰ってもいいかな～。

と思ったが、とりあえず、何ポイントになるか見てからだ。我慢我慢。

うちの領地、本当に財政は大丈夫なんだけど、食べ物の種類が少ないのが難点なんだよ。

それこそトマトなんか見たこともなくて、食卓に並ぶのは決まってトウモロコシを練って作った何かと、具が少ないスープって感じ。しかも味は全部塩味で、正直飽き飽きなんだよね。

ああ、牛肉が食べたい。できれば和牛！

モニカやリリスお母様にも食べさせてあげたいな～。

しかし、日本の畜産家が育て上げた和牛レベルにまでできるだろうか。……いや！　できるのだろうかではなくて、やるんだ！　僕は和牛になる……じゃなかった、和牛を作る！

よだれを垂らしながらトマトを一個納品箱に納品。ポイントに変換すると、なんと二百ポイントになった。これで初期道具を全部買って、木を切ることができるよ。

道具を買ったことでポイントショップの品揃えが増えているみたいだけど、別の野菜のポイントの確認が先だ。

キュウリとジャガイモはどちらも五十ポイントだった。トマトってこの子達の四倍もらえるのか。

これもリコピンの力かな？

ひとまず、トマト一個とジャガイモは元の世界へ持ち出して、残ったトマトとキュウリはポイントに変換することにした。さらに大量の雑草類を納品して、全部で七百五十ポイントになった。

ジャガイモは僕の領地でも育てられるかもしれない。少し海から離れた場所に植えれば、いけると思うんだよね。ジャガイモは普通の作物よりも強いから、痩《や》せた土地でも大丈夫でしょう。

といっても、僕の農業知識はほとんどゲームのものなので、それほど現代知識チートは使えない。

まあ、その分、チート能力でなんとかします。

気を取り直して、新しく取引できるようになったアイテムを見てみよう。

妖精S：五万ポイント　妖精A：一万ポイント　妖精B：五千ポイント
妖精C：二千五百ポイント　妖精D：二千ポイント　妖精E：千ポイント
トマトの種：五十ポイント　キャベツの種：五十ポイント
ジャガイモの種芋《たねいも》：五十ポイント

むむむ、妖精さんとな……。

新しいアイテムは妖精を雇えるというものらしい。期限は書いていないので、ずっと雇用できる可能性があるな。

あとは手に入れた野菜達……。トマトの種を買いまくって量産が一番ポイントになりそうなので、ここはトマト一択！　十三個の種に変換して、一気に植えていく～。

ふふふ、これでミートソースが作れる。いや、ミートがないからトマトソースか。だが、パスタは王都で買った小麦粉で作れるから、いけるぞ～。

しかし、今のところ一個の種につき一個しか実らないのは悩ましい。トマトは種との差額で百五十ポイントプラスだからいいんだけど、ジャガイモとかは種との差額がゼロで、儲《もう》けが出ないしね。

いずれ農場が発展するにしたがって、収穫量が増えていくんだろうか。

余ったポイントで木の斧を入手したので、適当な木を切っていくことにした。

さすがに子供の僕では大きな木は切れる気がしないので、自分の身長くらいの低木を切ってみる。このくらいなら……と思っていたけど、それでもかなりきつかった。

木の斧の切っ先は、もちろん木でできているので、切れ味は最悪だ。それでも、スキル的な力が働くのか、なんとか切れた。どうやら対象を切りつけた回数で切れてくれるようなので、斧で切りつけるという行為そのものが重要みたいだ。

何とか切った木をそのまま納品箱に納品すると、また新しい商品がポイントショップに入ってきた。

釣《つ》り竿《ざお》：五十ポイント　　牛小屋：十万ポイント　　豚小屋：三万ポイント
鶏小屋：五千ポイント　　ビニールハウス：一万ポイント　　家：一万ポイント
大きな家：五万ポイント

増えたのは主に建物系の商品だ。木材を入れたことが引き金になって出てきたのかな。今まで小枝では出てこなかったから、入れた量で解放されているのかもしれない。

だったら、たとえば動物達を狩って納品すれば、別の商品が解放されるのかな？

とはいえ、今の段階だと野菜を入れ続けることしかできないよね〜。

……ん？　建物のインパクトで見過ごしていたけど、釣り竿が追加されている？　ってことは、魚を釣って納品すれば、何か解放されるんじゃないか？　動物だといいな〜。

ということで、早速釣り竿を買って近くの川で釣り。

水を汲みに来た時には気づかなかったけど、ここには魚も棲息《せいそく》しているんだな〜。

なんか、釣り糸を垂らすと魚影が見えるようになっているから、ゲームみたいだ。

魚を飼えたりするのかな？　これから家を大きくしていけばできるようになるかもしれない。

そのまま釣り糸を垂らして三十分……釣れない。

川魚は賢いと聞いたことがある。ゲーム感覚でやっていたから餌《えさ》がなくても大丈夫だと思っていたが、そんなに甘くはなかったよ。

農場の世界では虫を見たことがないから、手頃な餌がない。

どうにかして魚を手に入れて納品を試してみたかったけど、今回はあきらめるかな～。

餌になりそうな虫を現実世界から逆納品して釣ってみよう。

◇

現実世界に戻った僕は、餌になりそうなものを探しに浜辺の村へやってきた。

港町というより漁村といった感じで、周囲を守る防壁のようなものはない。

周辺に出没する魔物への対処は、毎日自警団が見回りをしている。自警団といっても五人くらいだけどね。

「お兄様～」

僕の少し後ろを、妹のモニカが早足で追いかけてくる。

「モニカ、無理して追いかけてこなくてもいいんだよ。すぐに家に帰るからさ」

「いいえ！　お兄様はそう言って夜遅くに帰ってくることが多いんです。夜しかお兄様と遊べないなんて、お母様じゃなくても悲しいです」

モニカは頬を膨らませて抗議する。本当にお母様にそっくりな性格だ。

仕方ないので、妹の手を取って漁村に入ると、若いお兄さんが声をかけてきた。

「ウィン様、今日も来られたのですか？　お一人では危険だと何度も言っているでしょう」

「モニカも一緒ですよ」

「いや、そういうことではなく……」

この人は村長のファイさん。年上相手に若いなんて七歳児が言うと変だけど、僕は前世と合わせて実年齢は三十七歳なので、自分的にはおかしくない。

先代の村長さんは流行《はや》り病《やまい》で早くに亡くなっちゃって、まだまだ若いファイさんに替わったんだ。

他にも候補の年長者はいたんだけど、誰もやりたがらなかったそうだ。

そりゃ、こんな田舎村の村長なんて誰もやりたくないよね。

お父様は、やりたくない人にやらせるよりはやりたい人にやらせた方がいいだろうって言っていたけど、正解だったよ。

彼は今まで塩しか作っていなかった村で網を使った漁を始めて、今では結構な収益になってきている。

ただ、魚を捕《と》るだけで干物とかの作り方は知らなかったので、日持ちがせず、売り物にはできなかった。そこで僕が少しヒントを与えた。

ヒントと言っても、ただ開いた魚をしまい忘れたっていう体《てい》で網に干しておいただけだけどね。

それで異臭はしないからって焼いて食べさせたら、「これは美味しい！」となって、すぐに商品化された。

「大丈夫、ファイさん。ここら辺は平和ですし、それに自警団もあります」

「まあ、私的にはむしろ、ウィン様には毎日来てほしいほどですよ。だって、色々と教わることが多いですから」

ファイさんはそう言って頭を掻《か》く。七歳に学ぶっておかしな話だけど、日頃から学ぶ姿勢を忘れない彼には年齢なんて関係ないみたいで、素直《すなお》に聞いてくれる。

干物の件も、実は僕がわざとやったと気づいていたみたいなんだよね。それ以来、困ったことがあると僕に相談してくる。さすがに他の人がいるところでは聞かないけど。

しかしモニカは不満そうで、フンスと鼻息荒く文句を言う。

「お兄様は忙しいの！　そんな毎日なんて来られるわけありません」

「こら、モニカ、そんな言い方はダメじゃないか。すみません、ファイさん」

ファイさんが恐縮してしまったので、モニカを叱《しか》る。頭を軽く叩くと「お兄様痛いですわ……」などと大げさに痛がっている。

仕方ないので頭を撫《な》でてあげると、抱きついてきた。可愛い妹だな～。

「それでウィン様、今日は何を？」

「釣りの餌に何かないかなと思って」

「釣りをするんですか？　それでしたら、ちゃんと護衛をつけますけど」

「いや、餌が欲しいだけで、釣りはやらないよ」

ファイさんが首を傾《かし》げている。餌が欲しいのに釣りはしないって、おかしな話だもんな～。

とはいえ、現実世界ではやるつもりはない。海はとても危険だ。下手したら魔物も出るし、この国だけでも毎年何百っていう人が死んでいるんだよ。そんなところに行く気はありません。

「小さいエビってあるかな～」

「ああ、あのゴミですか？　あれが餌になるんですか？　大きなエビは食べるところもあるそうですけど……」

この世界での漁業は網で無理やり捕まえる漁法がほとんどだ。餌も虫系が主で、エビは網に引っかかるゴミとして処分されている。

この辺で捕れるエビはアミエビのような小さなエビばかりっていう事情もあって、食用としても見向きもされていない。

そんな不遇な立場になっているエビちゃん、うん可哀想《かわいそう》。

「ファイさん、そもそも魚って海で何を食べていると思う？」

「……考えたこともないです」

まだまだ生態系の知識の少ない世界だから、単純な質問にも答えられないファイさん。

小さな魚やエビなんかが植物性プランクトンという小さな生物を食べて、その小さな魚を中くらいの魚が食べる。そして大きな魚が中くらいの魚を食べて糞《ふん》をする。それらの糞や死骸《しがい》がプランクトンの栄養になってまた小さな生物へ。ざっくりそんな説明をすると、ファイさんは目から鱗《うろこ》といった様子で驚いている。ちょっとやりすぎたかな。

「じゃあ、このエビをちょっといただきますね」

僕は呆然《ぼうぜん》とするファイさんを横目に、木で編《あ》んだ籠《かご》にアミエビを一掴《ひとつか》み入れた。

モニカに気づかれないように、僕はすかさず「納品」と呟《つぶや》く。すると籠に入れていたアミエビが一瞬で消えた。

対象を手に持って「納品」と言うだけで【僕だけの農場】に転送できるなんて、本当に便利だよね。

◇

釣り餌を手に入れた次の日、早速釣りを……といきたいところだけど、まずはトマトの収穫だ！

せっかくだから木の鎌を使ってみたところ、どういうわけか十三個の種から二十六個の実が採れた。しかも、なっている実は一つなのに、一つ収穫したら手元で二つに増えているという、何ともゲーム的な動きで、少し脳が混乱した。

おそらく、鎌を使ったら収穫量が自動で増えると考えていいだろう。

収穫したトマトのうち二十個はポイント変換して、六個を元の世界に持ち出し。

この前の一個は生食でみんなに振る舞ったけど、今日は六個持っていくので、トマトソースを作ってびっくりさせよう。

新たに四千ポイントゲットしたので、妖精E、妖精Dを購入してみる。残りの千ポイントはトマトの種二十個だ。

妖精Eは真っ黒なサンタ服で、妖精Dは茶色のサンタ服。両方とも帽子にポンポンがついていて可愛らしい。妖精達は何ができるのだろうか？

「遅いけど仕事ができます」

「凄《すご》く遅いけど仕事ができます」

妖精D、Eに聞くとそんな答えが返ってきた。

なるほど、ってことはCは普通の仕事ができるってことかな。しかし、仕事か〜。

「じゃあ、D君には畑を任せるね。E君は木を切ってくれる？」

「「はい」」

二人にそれぞれの道具を渡して、僕は釣りをしに川へ。エビは納品箱の横に置いてあったので、回収しておいた。残念ながら、現実の世界のものはポイントに変換できないみたいだ。

野菜が作れるようになったおかげで、ポイントのやりくりはだいぶ楽になっているんだけどね。

しかし、トマトを二十個も納品したのに新しい種が増えていないところを見ると、やっぱり雑草から得た種を植えていかないと新しい品種は増えなそうだ。ここだけは結構厳しい。

早く色々な建物を建てて、動物も解放して、飼育していくぞ〜。

まあ、魚の納品で動物が解放されるとは限らないんだけど、とにかく検証していかないと。

ということで、僕は釣りに集中する。

エビを釣り針にセットして川へポイッ。この間は餌なしという舐《な》めたプレイ〝舐めプ〟をしてしまったせいで三十分無駄《むだ》にしたけど、今回は違うぞ。

「――――ええ!?」

凄いことが起こっている。手応えがあって竿を引くと、なんと三匹の魚が釣れた。何を言っているのかというと、一匹は釣り針にかかって、それに追従するように別の二匹が飛んできて、地面でぴちぴちしているというわけだ。エビはこの世界の魚達に大人気みたい。

釣れた魚は横っ腹に赤い模様があるから、ヤマメかな？　鮎《あゆ》っぽい顔の子もいるけれど、どうなんだろう？　僕はあまり魚には詳しくないからな～。

そんなことはどうでもいい、すぐに納品だ！

納品箱に魚を入れに向かうと、妖精が働いているのが見えた。

Eの子はかなり遅い、でも汗を流しながら頑張っている。外見も可愛いから応援しておこう。D君の仕事ぶりは僕とあまり変わりないように見えるな～。

妖精達は僕よりも少し小さい。それなのに僕と同じくらいの木を切っているし、畑も耕せている。妖精さん達はかなり優秀だな～。

期待を込めて魚を納品すると、案の定ポイントショップの商品が新たに解放された。

良い釣り竿：五百ポイント　凄い釣り竿：二千ポイント　海エリア：十万ポイント
釣り船：一万ポイント　大きな船：二十万ポイント　池：千ポイント

——っていうか、海エリアって何さ。この空間に海を作ることができるの⁉　ちょっと想定外すぎるよ。その海よりも高い大きな船も気になるけれど。

しかし、動物が解放されないとは想定外。どうすれば動物が解放されるんだろう？

「切れる木を納品し終わりました」

商品を見て考え込んでいると、Ｅ君が声をかけてきた。

「ご苦労様、このまま次の仕事できそう？」

「我々に休息は不要です」

そんなに時間が経っていないのに、太い木以外の木を綺麗に納品してくれたみたい。

この子達でこのスピードじゃ、Ｃから上の子はかなり優秀そうだな。

Ｅ君と話していると、今日の分のトマトを植え終わったＤ君も近づいてきた。二人とも仕事が速いな～。

「太い木も切りたいし、鉄の斧とか欲しいな。どうやったら商品欄に出るのかな～」

今までに解放されたアイテムの例を考えると、関係があるものを納品するといいみたいだけど、鉄と関連するものって、銅とかの鉱石系だよね。

……ああ!?　そういえば、道端《みちばた》に落ちている石に、普通とは違うものがあったような！　それを納品すればあるいは？　でも、僕も過去にそういった石を納品していたはずなんだよね。納品数が足りなかった可能性があるな。とにかく、石を納品してもらおう。

妖精二人に道端の石や雑草を刈って納品するように指示を飛ばす。一人は木の鎌を持たせて雑草専任だね。

道具は一個ずつしか買えないっていう制限がなければ、もっと色んな仕事を頼めるんだけど、仕様なので仕方がない。とりあえず、今日はできることがなさそうなので、妖精に任せよう。

◇

「ウィン〜」

元の世界に戻ると、お母様が部屋に入ってきて僕を抱きしめた。

「お母様、どうしたんですか？」

「うふふ、抱きしめたかっただけ〜。あら？　またトマトが採れたのね。昨日塩をかけて食べたトマト、美味しかったわ〜」

お母様はたった今僕が農場から持ち帰ったトマトを発見して、目をキラキラさせる。

昨日、持ち帰ったトマトを見せたら、みんな驚いていた。でも一個しか持って帰れなくて、量が少なかったから少し申し訳なかったよ。

お母様は美味しそうに食べてくれたけど、残念ながらモニカのお口には合わなかったみたいだ。

それでも、お兄様が用意してくれたからと、目を瞑《つぶ》って食べ切った。

「お母様、お兄様が痛そうですわ。ね〜、お兄様？」

モニカがお母様の後に入ってきて僕に抱きつく。お母様はお父様がいないと寂しくて僕に抱きついてくる。痛いほど強く抱きしめられるわけではないけれど、モニカはお母様に対抗意識を持っているから、きつく言っちゃうんだよな。

「トマトを調理するから、二人とも一緒に調理場に行こうか」

「「は～い」」

可愛らしい姉妹のように返事をする母娘。

調理場に着くと、料理長のボドさんが迎えてくれた。

「ウィン様、それにお嬢様とリリス様。どうされたのですか？」

貴族は普段自分で料理なんてしないから、料理人を雇っている。僕らの懐事情《ふところじじょう》でも何とか雇えているって感じ。まあ、安い給料だけれど。

「ボドさん。トマトが少し採れたので、調理しようと思って」

「昨日のトマトですか？　あんな良いもの、どこで手に入れているのですか？　近場には漁村しかないというのに」

適当に「近くの草原です」って言ってはぐらかしたが、ボドさんは首を傾げている。こんなに大きなトマトなんて採れるはずないよね。

「そういえば、ウィン。ジャガイモを庭に植えていたわね～。あれも実るのかしら？」

「種芋を手に入れたから、試している最中です。塩害のあるここら辺で実るようなら、領内の村に配って農産物を量産しましょう」

「お兄様、凄いです！」

お母様がジャガイモのことを聞いてきたので答えると、モニカが瞳を輝かせて僕に抱きついてきた。まあ、これでも領主の息子だしね。それに、前世よりもやりがいのある世界だから、思いっきりチートを使っていきたい。

さて、お喋《しゃべ》りはこの辺にしておいて、ボドさんとトマトソースの調理を始める。

「では、刻んだトマトを煮るんですか？」

「うん。水を加えて塩で味を調《ととの》えるんだ」

種の部分はちゃんと取り除いて、こっちの世界で植えてみるつもりだ。塩害で育つかわからないけど、試す価値はあると思う。

それに、この辺りの土地ではトマトは貴重だから、育てばかなりの強みになる。

普通に育てられなかったら、ビニールハウス……は無理としても、小屋みたいなものを造ってその中で栽培する仕組みを考えてみようかな。太陽をどう取り入れるかが肝《きも》だな～。

火を使う工程はボドさんに任せて、僕は小麦粉をコネコネ。生地《きじ》に弾力が出てきたら、しばらく寝かせる。

あとはパスタマシーンに入れてハンドルを回せば完成だ。

「ウィン様のトマトは本当に美味しいですね。ぜひとも毎日欲しいものです。そうすれば、皆様に美味しいものを提供できるのですが」

「群生地を見つけられればいいんだけどね～。頑張ってみるよ」

すでに二十個以上のトマトを作っているなんて言えないから、ボドさんに笑顔で応える。

今までずっと農場のことは隠してきたけど、そろそろお母様とモニカには伝えておいた方がいいかもしれないな。

前世の記憶があることは言わないまでも、チート能力については伝えておこうかな。

◇

翌朝、起きてすぐ――お母様のハグが来る前に、【僕だけの農場】にやってきた。

能力の件はハグの時に伝えようと思っている。モニカも僕の横で寝ているので、家族だけに知らせることができて都合が良い。

お父様はまだまだ王都から帰ってこないだろうから、帰ってきたら改めて教える感じだね。

前の日に作ったトマト二十個を妖精さんに収穫してもらって、納品させる。

今回は種と同じ数の実しかできなかった。もしかして……収穫時は妖精さんにも鎌を持たせた方が良かったかな。

とりあえず、昨日のうちに雑草とか石、色違いの石を全部納品箱に入れてもらっているから、ポイントショップの商品が増えているかもしれない。

早速、チェックしてみる。

鉄の斧：千ポイント　**鉄の鍬：千ポイント**　**鉄のツルハシ：千ポイント**
鉄の鎌：千ポイント　**鉄のジョウロ：千ポイント**

思っていた通り、鉱石の類が石の中に交じっていたみたいだ。これで大きな木も切れるようになるはずだ。

新しくツルハシが道具に加わったってことは、鉱山でもあるのかな？

周りを見渡しても農場の外は森が広がっているだけで何もないんだよね。

一度森に入ろうと思ったら、見えない壁に弾かれて通れなかった。入れたら色んな木を切って納品しまくるんだけどね〜。

トマトでもらった四千ポイントに加えて、妖精達が石とか鉱石とかを納品してくれたから、今六千ポイントまで貯まっている。

鶏小屋を買ってみよう。これで鶏がポイントショップに追加されれば、牛も同じパターンってことだから、試す意味でも買っておいて損はない。

鶏：五百ポイント　大鶏：五千ポイント　銀の鶏：十万ポイント
金の鶏：百万ポイント

増えた！　小屋みたいな、動物を飼うための建物を造ればいいってことね。

それにしても、鶏と大鶏は普通の値段だけど、銀と金の鶏は異常な値段だよね。このポイントの高さから考えると、銀の卵と金の卵を産む鶏ってことなのかな？　それとも銀や金でできた鶏とか？　買ってみたいけど、こんなポイントは貯まらないので、一生お目にかかれないだろうな〜。

鶏小屋で五千ポイント使って、またまた千ポイントしか残っていないので、トマトの種を二十個買う。

妖精さんには種蒔きと収穫、道端に落ちているものの納品をしてもらおうかな。まだまだ仕事が少ないのに、買ってしまったのが申し訳ないよ。

「鎌をいただけませんか？」

仕事をお願いすると、妖精Dが鎌を欲しがった。

「鎌で野菜などを収穫すると、一個多くもらえるようになるんです」

「やっぱり……ってことは、今日収穫した分は損してた？」

そう尋ねると、妖精は二人で頷《うなず》いた。

もっと早く言ってほしかったけど、僕が聞いていればよかったんだよね。

意外と物知りな妖精さんに色々と聞いてみるのもいいと思ったものの、知ってしまったら面白くない気がして思い直した。何も知らないからこそ、攻略し甲斐《がい》があるんだよね。焦《あせ》らずにじっくり行こうじゃないか。

「じゃあ、お願いね。納品したものはポイントに変換しちゃっていいからね」

妖精に木の鎌を渡すと、僕は現実世界へ戻った。

◇

「ウィ〜ン！　モニカ〜、おはよう〜」

戻ってすぐにお母様が起こしに来た。モニカと一緒にハグをして、僕は自分のチート能力──【僕だけの農場】について二人に話しはじめた。

「あらあら〜。さすが、ギュスタ様と私の子ね〜」

「お兄様さすがですわ」

農場の話を聞いた二人は、驚くよりも嬉しそうな様子で僕に抱きついてきた。

「でもそんな力があるなら、わざわざジャガイモをここで育てなくてもよかったんじゃないの？」

「領民のみんなに食べてほしいから、できるだけこっちでも育てたいんです」

お母様は僕の答えに「良い子ね〜」と目を潤《うる》ませ、ますます強く抱きしめてくれた。

料理長のボドさんにも腕を振るってほしいしね。昨日のトマトソースみたいに、材料さえあれば美味しい料理が作れるんだ。

「ジャガイモと、昨日庭に植えておいたトマトはどうかな？」

【僕だけの農場】では一日で実がなるけど、こっちではどうなんだろう？

着替えを済ませ、急いで庭に向かうと……そこには農場と同じ光景が広がっていた。

しかも、トマトの実一個からとれたたくさんの種が、全部育っている。この調子だと、農場でも実から種をとれば増やせるのかもしれない。

「まあ！　一日で実がなっているわ」

僕の後をついてきたお母様が驚きの声を上げた。

モニカもびっくりしてトマトの実をつついている。

「お兄様！　今日もトマトソースにしましょ。私、あれ大好き！」

トマトを一つもぎ取って、モニカがそう言った。

生のトマトはあまり好きじゃなかったみたいだけど、ソースは好きになってくれたようだ。

ジャガイモも、六個収穫できた。

いつもほのぼのしているお母様も、このジャガイモとトマトを見て真剣な顔になった。

この野菜達を量産できれば、塩しか特産品のなかった僕らの領地が潤う。

「ランディ、これを荒野の村に持っていって、育ててみて」

お母様は、いつの間にか近くに立っていた執事兼護衛のランディさんに声をかけた。

彼はいつもお母様の五歩後ろに控えていて、用がない時は声一つ立てない。空気として扱うようにと、お父様からも言われている。

「心得ました」

いくつかのトマトとジャガイモを渡されたランディさんの背中を見送ったお母様が、僕を見る。

「荒れ果てた土地に配ってもらおうと思ったのだけど、大丈夫よね？」

「もちろんです。食べ物で困っている人は多いですから」

僕らの領地では食べ物はほとんど自給自足できず、外部から買っているので、どうしても満足に食べられない。漁村の干物も配っているんだけど、それだけでは足りないし、どうしても売る方へ回さないと食べ物を買うことはできない。

僕らの屋敷がある海側から少し内陸に進むと、荒野が続いている。その先はもっと作物が育たない砂漠だ。ランディさんはそういった地域に住んでいる領民の所に行っているのだ。

【僕だけの農場】で得た作物は塩害とかそういった影響は受けずに一日で育つみたいだが、枯《か》れた土地ではどうなんだろう。うまくいってほしいな。

「ふふ、じゃあ、私達はトマトソースを作りましょ」

「お母様、私も料理しますわ」

二人はトマトを籠いっぱいに入れて、キッチンへと向かった。

ボドさんの驚く声が聞こえ、少しするとトマトソースの良い匂いが屋敷中に広がりはじめた。

今日の朝食はジャガイモとトマトのスープと、スパゲッティ。モニカは口の周りを赤く染めて美味しそうに食べている。

そんな妹を見て微笑ましい気持ちになったものの、どうやら僕も同じようになっていたみたいで、二人してお母様に優しくハンカチで口元を拭《ぬぐ》ってもらった。

◇

二人に能力のことを教えた次の日。

【僕だけの農場】に入ると、妖精Dから驚くべき結果が知らされた。

「二万ポイント!?」

僕が来る前に作物を納品していてくれたようで、ポイントが凄いことになっていた。

妖精は僕からの指示を覚えているらしく、暇な時は指示を思い出して自動で行動してくれるみたい。この手のゲームだといちいち指示しないといけないのが億劫《おっくう》だったけど、この子達はすっごく優秀だ。早速、増えた商品を見てみよう！

山エリア：百万ポイント　鉱山：一万ポイント　トウモロコシの種：五十ポイント
ブドウの種：五十ポイント　イチゴの種：五十ポイント　リンゴの種：五十ポイント
オレンジの種：五十ポイント　稲：二百ポイント　小麦：二百ポイント

わ～、凄くいっぱい増えている。

やっぱり、海みたいにエリアが拡大される商品が他にも出てくるんだな～。海の次は山か。なんだか領地をもらった気分だよ。

山が海よりも高いのは、自生している食材を集めやすいからかな？　タケノコとかキノコとか……マツタケなんかも採れちゃったりして。う～ん、どれもこれも美味しそう……。

二万ポイントで喜んでいる場合じゃないな～。とにかく、無駄なく作っていこう。

まず、道具は全部買っておかないと。

鉄の道具（各千ポイント）を全部買って五千。買わずに保留していたキャベツの種やその他の種を千ポイント分買って、合わせて六千ポイント使う。

高額な稲と小麦は一つ、それ以外の種は二個ずつ買って、半分はポイント変換に、もう半分は持ち帰って、現実世界で育てる。

残り一万四千で、鉱山（一万ポイント）と妖精C（二千五百ポイント）を買って、さらに良い釣り竿（五百ポイント）を買うと千ポイント余る。それで鶏（五百ポイント）を一羽と、残りはトマトの種に。

僕の家族はトマト中毒になりつつある。なくちゃ生きていけないよ。

鉱山を購入すると、もともとあった小屋の裏手に、木で補強された地下への穴が出現した。地下鉱山の入り口みたいだね。

妖精Cは緑のサンタ服で、顔は他の二人と同じく表情が変わらない。鉱山ができたから無限に納品できそうだ。次の日のポイントが楽しみすぎて、生きているのがつらいです。

鉱山はCとEに任せて、鉄の鎌を渡したDに敷地の整備をお願いした。D君一人で鶏や作物の世話をするのは大変かもしれないけど、彼らは優秀だし、今の量ならまだまだ大丈夫だろう。

今のところ同じランクの妖精は複数雇えないから、人手を増やすにはどんどん次のランクの妖精を雇っていかないといけないんだよね。次はBランクの一万ポイント。鉱山でそれを稼げるかな～。

少し心配――と思っていた時期もありました。

◇

毎朝農場に行くのが僕の日課になっているんだけど、今日はなんだか変な予感がして夕方にも入ってみた。

すると――

「二万ポイント？　あれ？　朝に使ったよね？」

なぜか朝に入った時と同じ額のポイントが入っていて、思わず目を擦《こす》る。

呆然としていると、妖精Eが金色に光輝く鉱石を担いでトコトコやってきて、納品箱に納品した。

……今の、金じゃない？

妖精を引き止めて確認すると「金です」と、頷いた。

納品ポイントを見てみると、二万千ポイントになっていた。

金の鉱石一個で千ポイントか……。改めて思ったけど、【僕だけの農場】はチートでした。

手に入れたポイントで、僕はすぐに新しい妖精、BとAを購入した。

優秀な妖精を増やせば、鉱山での収入もがっぽがっぽ。笑いが止まりません。

Bは青いサンタ服で、Aは赤いサンタ服。これは完全にサンタの服だね。

一万五千ポイントの買い物なので六千ポイント余る。五千ポイントの大鶏を購入しようか、今回新たに商品に加わった銀の道具を買おうか。

悩んでいると、新しく購入した妖精Aが声をかけてきた。

「ツルハシをください」

ああ、そうか！　ツルハシはまだ一つしかなかった。妖精を量産しても、道具は一つだったね。

そういえば、納品に来るのは黒の妖精、E君だけだ。C君が掘って、鉱石が出るとE君が運ぶ、という手順でやっていたんだな。ならば買うものは決まった。

銀のツルハシ：五千ポイント　銀の鎌：五千ポイント　銀の斧：五千ポイント
銀の鍬：五千ポイント　銀のスプリンクラー：一万ポイント
銀のジョウロ：五千ポイント　燻製蔵《くんせいぐら》：二万ポイント
マヨネーズメイカー：一万ポイント

増えた商品欄の銀のツルハシにちょちょんと触れると、納品箱の横にツルハシが出現した。すぐさま妖精Aに渡して、鉱山に行ってもらう。

運ぶのはCとEになりそうだ。何しろAとBの動きは尋常《じんじょう》じゃない。二人とも百メートルを五秒以下で走りそうなスピードで鉱山へ走っていった。もちろんAの方が速いとはいえ、Bも凄いスピードだ。この調子なら、買いたいものが一気に買えるようになるだろう。

ふっふっふ……僕は悪の幹部のようにほくそ笑む。

新しく商品欄に加わったマヨネーズと燻製蔵……これもぜ～んぶ手に入れて、この世界の食文化を色々変えてやるぞ～。

とりあえずは、鶏を揃えていかないとね。ということで、トマトの種を残り千ポイント分買って【僕だけの農場】から離脱した。

◇

部屋に戻ってしばらくモニカと談笑していると、ランディさんがやってきた。

「ウィン様、ただいま戻りました」

「お、お帰りなさい」

彼は深くお辞儀《じぎ》すると、話しはじめた。お母様の執事さんなので、僕と直接話すのは珍しい。

「トマトとジャガイモを荒野の村で植えてみましたところ、即座に芽が出て、枯れてしまいました」

「やっぱりダメでしたか……」

報告を聞いてがっかりしていると、ランディさんは首を横に振って話を続けた。

「いえ、違うのです。枯れたは枯れたのですが、植えた所から半径百メートルもの土地が潤ったのです。草が生えて緑の大地になりました」

「ええ!? 荒野が草原になったってこと？」

驚いて聞き返すと、ランディさんはにっこりと笑って頷いた。

「荒野の村は私の故郷でもあります。みんな喜んでくれて、中には涙する人もいました。それもこれも、ウィン様のおかげです。ありがとうございます」

そうか〜、ランディさんの故郷だったのか。それは良いことをしたな〜。

「残りの種は枯れた土地には蒔かずに、潤った土地に植えたところ、すぐに芽が出てきました。量産して、作物を植えられる土地を増やし、皆様に恩を返したいと思います」

「そんな、恩だなんて」

「いいえ、私は執事になって少しでもこの土地を良くしようと、ギュスタ様達をサポートしてきました。ですが私の力など、ウィン様の足元にも及びませんでした。これからはウィン様のお力になれるように、ますます精進していきます」

ランディさんは、改めて深々とお辞儀をすると、目に涙を浮かべながら部屋を出ていった。

少しでもみんなのためになったなら、とっても嬉しい。でも、そんなに改まって言われると恥ずかしいよ。モニカはなぜか得意げにしているけど、まあ、可愛いからいいか。

長い時間をかければ枯れた土地を蘇《よみがえ》らせることは可能かもしれない。でも、一瞬で緑化するなんて、神の御業《みわざ》としか言いようがないよね。

ということは、砂漠が緑化した暁《あかつき》には、僕は神として祀《まつ》られちゃうかも……ってそんなことはないか。

でも、神という単語で、ふと農場ゲームをしていた時のちょっとした〝黒歴史〟を思い出してしまった。……ああ、恥ずかしい。

ストレスを感じたので、モニカをなでなでして発散する。

しかし、【僕だけの農場】で得た野菜は凄い力を持っているんだな〜。

一気に成長するってことは、それだけ大地のエネルギーを持っているんだろうね。そんな作物が枯れて土に還《かえ》った結果、大地が豊かになる……みたいな感じか。

ランディさんの報告について想像していると、モニカが可愛らしく首を傾げて上目づかいで見てきた。

「お兄様、大丈夫？　考え事ですか？」

「はは、まあ、平気かな」

モニカが心配しているので、笑ってごまかす。

「モニカが癒《い》やしてあげます！」

そう言うと、モニカは僕の手を引っ張ってベッドに寝かせた。

彼女は僕の頭を撫でながら子守唄を歌いはじめる。

あまりに心地よくて、僕はすぐに意識を持っていかれて、寝息をたててしまった。

後でお母様に聞いたところによると、どうやらモニカもそのまますぐに眠ってしまったみたい。

ちょっと大人っぽくなったかなって思ったけど、まだまだ子供な妹でした。

◇

翌朝、ワクワクしながら【僕だけの農場】にやってきた。

納品ポイントを確認した僕は、驚きのあまり立っていられなくて尻もちをついてしまったよ。

「百万ポイント超えてる！」

不在にしていた夕方から朝までの約十二時間の間に百万ポイント以上貯まっていたのだ。

ＡとＢの働きが凄すぎるよ。農作業をしていたＤ君にはポイント変換しないように言っていたので、トマトや他の作物が入った籠が何個も納品箱の横に置いてあった。

いくつか選別して元の世界へと送る。これで稲を量産してお米をゲット。パンとパスタ文化の世界に殴り込みだ。ふふふ、よだれが止まらないよ。

それはさておき、大量のポイントをゲットしてしまった。

どうするかな～、山を作ったらポイントをほとんど使い切っちゃうから、まだやめておこう。

となると、まず海を作って、船と妖精Ｓを購入。まだポイントが余る余る。

とりあえず買えるだけ買っちゃおう。

ということで、今回僕が買ったものは次の通り。

妖精S：五万ポイント　牛小屋：十万ポイント　豚小屋：三万ポイント
ビニールハウス：一万ポイント　家：一万ポイント　大きな家：五万ポイント
凄い釣り竿：二千ポイント　海エリア：十万ポイント　釣り船：一万ポイント
大きな船：二十万ポイント　池：千ポイント　大鶏：五千ポイント
銀の鶏：十万ポイント　銀の斧：五千ポイント　銀のスプリンクラー：一万ポイント
銀のジョウロ：五千ポイント　銀の鍬：五千ポイント　燻製蔵：二万ポイント
マヨネーズメイカー：一万ポイント

合計七十二万三千ポイント、残り三十六万七千ポイント。

一気に買いまくったので、建物がそこら中に生えていく。地面からにょきっと生えるから、なんだか面白い。

動物小屋を買った影響で、さらに商品が増えている。残りのポイントでその新商品を買うかな〜。と、建っていく建物を見ながら再度ポイントショップを覗《のぞ》く。

島エリア：二千万ポイント　城：二億ポイント　城壁：千ポイント
城下町：一千万ポイント　商店街：一千万ポイント　噴水広場：十万ポイント
乳しぼり機：五万ポイント　羊小屋：二万ポイント　ブラシ：千ポイント
牛：十万ポイント　良い牛：五十万ポイント　ブランド牛：五百万ポイント
乳牛：十万ポイント　良い乳牛：五十万ポイント　ブランド乳牛：五百万ポイント
豚：二万ポイント　良い豚：四万ポイント　ブランド豚：八万ポイント

うん、いっぱいの商品達……島とかお城って、商品って言っていいのかな？　城下町だって、僕と妖精しかいないのに必要ないでしょ！　まさか、住人がいるとか言わないよね。

……ポイントが桁違いだから、その可能性もありそうだ。

ポイントが足りないものを想像で語るよりも、買うものを選ぼう。

牛と乳牛は決まりで、豚はブランドの豚、乳しぼり機も買っておいて三十三万。あと三万と七千ポイントは、羊小屋とブラシを購入する。

羊小屋を買ったことで、羊、良い羊、ブランド羊が追加された。どれも豚の半分の値段だったので、ひとまず普通の羊を買う。

羊：一万ポイント　良い羊：二万ポイント　ブランド羊：四万ポイント

残りの六千ポイントは稲にして、妖精S君に任せる。

パンとパスタ中心の世の中に、お米ありと知らしめなくては。

妖精S君は虹色に輝くサンタ服。遠くにいても目立つのはいいとして、動きが凄いよ。いちいち残像を残して移動している。あれは明らかに人間を超えているね。

しかし、これだけ仕事量が増えると、妖精達だけでは厳しそうだ。

鉱山に行かせていた妖精のうち、AとC以外を戻したけど、足りている気がしない。

とうとう、僕も手伝わないといけないかな。まあ、今まで楽をしすぎたよね。とはいえ、人手があるに越したことはない。もっと妖精を増やせないかな、と思う今日この頃だった。

◇

「お兄様、どうしたんですか？　そんな大きなため息ついて。まるでお父様みたい」

農場から戻ってベッドで横になっていると、モニカが僕の顔を覗き込んできた。

色々考えすぎて、大きなため息が出てしまったらしい。

「はは、本当だね」

こんな不毛な辺境の領地を統治するのは大変だから、お父様は日頃から色々苦労が多い。

みんなに優しく、領民からの支持率は高いんだけど、領民のみんなが食べられるように気を配り、自分は食べずに僕らや領民のみんなに分け与え、いつも自分は我慢している。

今も安く食べ物を取引してくれる人を探しに王都へ行っている。

取引相手の大半は貴族だから、所詮《しょせん》は辺境の貧乏貴族だと、足元を見てくる人が多いんだってさ。

「お父様、早く帰ってこないかな～。お兄様の力を知ったら凄く喜ぶのに」

「ああ。驚く顔が目に浮かぶね」

寝ながら話していると、玄関の方から話し声が聞こえてきた。

「リリス、あ……あの庭の作物はどうしたんだ？　なんで実がなっているんだ⁉」

お父様の声だ！　王都に行っていたお父様が帰ってきたんだ。

馬車に乗ってきたはずなのに、なぜか取り乱した様子で息を切らしている。

「落ち着いてください、あなた。とりあえず、屋敷の中に入りましょ」

「あ、ああ、すまない。そうだ、ただいま」

お母様がお父様を屋敷の中に促す。僕はモニカと一緒に急いで玄関に駆けていった。

「「お帰りなさい、お父様！」」

お父様は長旅で疲れていたみたいで、居間の椅子に座ると、ふぅっとため息をついた。

それでも庭の作物が気になっている様子で、すぐにお母様を呼び寄せた。

「それで、庭の話をしてくれるかい」

「それについては僕が話しますね」

「ウィン、まさか……お前の仕業《しわざ》だったのか？」

目を丸くするお父様に頷いて、僕は自分の能力について話した。

【僕だけの農場】で得られたものを持ち帰ることができること、農場から持ち帰った作物には普通の作物とは違う不思議な力があることなど。前世の記憶があること以外は正直に話した。

お父様はずいぶん驚いた様子だったけど、最後は納得してくれたみたいだ。

「なるほど、不思議な力か。しかし、道中で荒れ地が緑地化しているのを実際に目にした。そうなると、ウィンの話を信じざるを得ないな……。それにしても、そのスキルとはそこまで奇跡的な力を得られるものなのか？」

「そういえば、遠方に怪我をした人を立ち所に治癒《ちゆ》できる少女がいるという話は聞いたことがありますね」

そのお母様の言葉に、お父様は感慨深い様子で頷く。

「それは私も聞いたことがある。巫女《みこ》エレポスといったか。まさか我が子がそういった力を身につけることができたとは……不思議なものだ」

回復能力か～、それも欲しいね。村の人もしょっちゅう怪我しているしね。

「いずれにせよ、これで領民は食べ物に困らなくなるだろう。ウィンのおかげだ、ありがとう」

そう言って、お父様は僕を抱き上げる。でも、その表情には悔《くや》しさが滲《にじ》んでいた。

「私は領主でありながら、領民に何もしてやれなかった。アウグストにも取引を断られてしまったしな。私はあきらめてしまったんだ……」

「隣《となり》の領主のアウグスト様ですか……。では、先代のアリューゼ様の頃から続けていた取引は」

「ああ、破棄されたよ。塩は腐るほどあると言われてな」

お父様は食料の取引ができなかったみたいだ。

僕の農場の作物がなかったら、かなりマズい状況になっていたね。漁村の干物だけではとても領民全員に行き渡らないし。

「絶望して帰ってくると、今まで荒れ地だった場所に緑地が広がっていて驚いたよ。ウィン、本当にありがとうな」

「ううん。これからですよ、お父様。そのアウグストって人をぎゃふんと言わせちゃいましょう」

「はは、そうだな」

お父様が凄く嬉しそうで、僕まで嬉しくなってきた。

「お父様、ずるい～。私もお兄様を抱きしめたいです～」

「おお、モニカ。私はお前も抱き上げたいんだがな。よっと！」

お父様はそんなにがっちりした体形じゃないけど、僕らを持ち上げてにっこりと微笑んだ。

「二人とも大きくなったな〜。そろそろ一人ずつしか持ち上げられなくなりそうだ」

しばらく談笑していると、食堂から良い匂いが漂《ただよ》ってきた。

「ギュスタ様、お食事の準備ができました。今日はトマトとトウモロコシのスープと白いパンです」

「おお、ボドの本気の料理が食べられるんだな。それに、トマトにトウモロコシとは！　これもウィンのおかげか……。今までろくな食材がなくて申し訳なかったな」

「とんでもないです。ギュスタ様のせいではありませんよ」

お父様が謝るものだから、ボドさんが恐縮してオドオドしている。

量産した野菜は領内の村に渡したから、これからどんどん食べ物が増えていくよ。

「ふふ、じゃあ、みんな食事にしましょ」

お母様がクスクスと笑いながら言うと、お父様は僕らを抱き上げたまま食堂へと歩いていく。

お父様から王都での話を聞きながら食事をした。

お父様は色んな貴族の人に取引を持ち掛けたんだけど、全部断られたんだってさ。僕らの領地は土地が枯れていて、仲良くしても利益がないと思ったんだろうな〜。

でも、これからは無視できない土地になる予定だけどね。ふっふっふ。

◇

「可愛い寝顔だな」

お父様が帰ってきた次の日の朝。お母様が入ってくる前に【僕だけの農場】に移動しようとしたんだけど、思わずモニカの寝顔に見入っちゃった。

プニプニの頬をつまむと、ほにょって寝言を言って……可愛い妹だな。

いつまでもほっぺをつついていたい誘惑を断ち切って、【僕だけの農場】に入った。

「動物小屋の動物も順調だな～」

動物を飼育するエリアは大きな柵で囲われていて、牛小屋、豚小屋は隣同士、鶏小屋は少し離れた位置にある。

動物は買った段階で出荷できる状態まで成長しているみたいで、乳牛も最初からミルクが出る。

ミルクは全部納品しないでバターとかに加工する予定だ。

やっとバタートーストが食べられる。……じゅるり。

「あとは家と大きな家ができているね。中に入ってみようかな」

最初にただの家の方に入ってみる。別に買う必要ないと思っていたんだけど、特別な機能があるかもしれないと思って買ってみた。さてさて家では何が起こるのかな？

「普通の家？」

現代日本的な内装のダイニングキッチンがある家で、大きなソファーとダイニングテーブルセットが並んでいる。元日本人の感覚だと別段変わったものはないように見えるけど、ガスコンロや電子レンジ完備は、この世界の文明を考えると凄い。

しかし、ガスや電気はどこから来ているんだ？　謎だ。

寝室は全部で三つ。勉強机とベッドがある子供用と思《おぼ》しき部屋が一つ、ダブルベッドが置かれた大きめの部屋と、タンス付きの普通の寝室。

最後の寝室を確認し終えて扉を閉めようと思ったら……ベッドの上に気になるものが見えた。

ん？　布団がモソモソと動いている!?

僕以外にこの世界にいるのは妖精と動物だけ。他に誰かがいるはずがないんだ。だって、僕だけの農場なんだから。

「ん～、お兄様……ここはどこ？」

「モニカ!?」

眠そうに目を擦っているのは、モニカ。

【僕だけの農場】の世界に、一体どうやって来たんだろう？

「あれ～、ここって、お兄様の部屋じゃないみたいです……」

モニカは見慣れない内装に戸惑《とまど》ってキョロキョロと周りを窺《うかが》う。

たまたま僕が入ってきたから怯《おび》えてはいないけど、一人だったら怖かっただろうな。見知らぬ天井は異世界転生者だけで十分だ。

あ……もしかしたら、家を買ったことでお客さんを呼べるようになったのかもしれないな。

条件はこちらに来る時に僕に触れている人ってところかな？　散々ほっぺを触っていたし。

自分の中で納得して、モニカに向き直り笑顔を作る。

「モニカ、ようこそ僕の世界へ」

「……ここがお兄様の世界？」

しばし首を傾げてぽけ～っとしていたものの、ようやく状況を理解したのか、モニカは目を輝かせて僕へと抱きついてきた。

早速農場を見せようと、手を引いて家の外へと連れ出す。

「すご～い。これ全部お兄様のものなの～？」

興味津々《きょうみしんしん》で走り回るモニカ。まだまだ確認していないものも多いんだけど、外の時間は止まっているから、無限に遊べる。

今日はたっぷり妹と遊ぶことにしよう。

「マスター、仕事終わりました～。次は何すればいいですか？」

妖精S君がぴょこぴょこ駆けてきた。S君は虹色のサンタ服で、他の子と違って表情の変化があるし、僕にも挨拶をしてくる。

「じゃあ、鉱山を手伝ってあげて」

「わっかりました～」

「可愛い～！」

モニカがもじもじしていると思ったら、妖精さんを抱き上げてしまった。

妖精さんは「わわ～」と悲鳴を上げてバタバタしている。

妖精はみんな可愛いけど、S君は特別可愛いんだよな～。

「マスター、この人が放してくれないので、鉱山に行けません〜」

「ははは、じゃあ、僕らがいる間はこのままでいいよ」

S君は仕事が早いから、このくらい時間を使っても大丈夫。今日はモニカを接待してもらおう。

「可愛い、可愛い〜」

「あう〜」

抱き上げられながら頬を擦りつけられるS君。可愛いモニカの頬は格別でしょ？

「マスター、そういえば、ポイントが貯まっているんですけど。僕ら妖精の強化はしないんですか？」

モニカに弄《もてあそ》ばれながらも、S君がそんなことを聞いてきた。

妖精さんの強化ができるのか〜。

「どうやって、強化するの？」

「僕に触れれば、納品箱のようにショップが開きます。そこで買い物してくれればいいんですよ〜」

なるほど、そんな機能があったのか〜。どんどんやれることが増えていくな〜。

名前：S　　レベル：1
HP：800　　MP：500
STR：90　　DEF：70　　DEX：100
AGI：60　　INT：60　　MND：60

ステータスはこんな感じみたい。比較対象としてE君のも見せてもらおう。

E君を手招きして頭に手を置く。

E君はレベルが5に上がっているにもかかわらず、どの能力値も君の一割程度。S君やA君のスピードが凄いと思っていたら、ステータスが高かったんだな～。

「ステータスを1増やすのに一万ポイント必要です」

「高いな～。レベル上昇による成長要素もあるみたいだから、今のところはこのままかな～」

「ええ、そんな～。四千万ポイントもあるのに～」

「四千万も貯まっているの⁉」

S君がとんでもない数字を言ってきた。

固まる僕を横目に、妖精さんはまだモニカにプニプニされている。妖精さんは頬もプニプニなのだ。モニカの頬もなかなかなので甲乙《こうおつ》つけがたいが、僕的にはやはりモニカかな。

「じゃあ、お城とか城下町を買える……」

四千万もポイントが貯まっているなら、お城とか城下町を買いたいな。商店街もだけど、建物だけなのか、住人がついてくるのかが気になってるんだよね。

「ええ⁉　僕らも強化してくださいよ～」

「S君がいれば今は大丈夫でしょ？」

それでもS君は食い下がる。

「で、でも、これからどんどん作物は増えるし、海のものも捕らないといけないですよ～？」

むむむ、確かにS君の言う通りだ。

浜辺から伸びる桟橋《さんばし》には大きな船と漁船のような船が横付けされているのが見える。大きな船には軍用艦みたいな砲台もついていて、いかついな～。

「それなら、みんなのステータスを強化しよう。えっとS君のステータスと同等にするには……」

計算しようとしたけど……電卓がないと無理。

「S君に任せられないかな？　僕はモニカと海とかを一緒に回りたいんだけど」

「了解しました～。では僕に任せるということで」

S君は敬礼して大きな家に入っていった。家の中で強化するのかな？

「海に行くんですか？」

「ああ。大きな船とか、凄そうだから見ておこうと思ってね」

モニカの手を取って浜辺に向かう。

少し下って入る浜辺には、貝やカニの姿が見える。あれらは完全に納品物だね。大きなカニはいないから獲らないけど、唐揚げにしたら美味しそうだ。

そういえば妖精が強化できるなら、もしかして……。

自分の胸を触り、S君にしたようにポイントショップを開いてみた。

するとステータスが現れて、どれを強化するか選べるようになった。ちなみに僕のステータスはこんな感じ。

名前：ウィン　レベル：１
ＨＰ：８　ＭＰ：６
ＳＴＲ：７　ＤＥＦ：７　ＤＥＸ：５
ＡＧＩ：６　ＩＮＴ：５　ＭＮＤ：６

うん、弱い。Ｅ君並みだよ。

今まで魔物と戦ったことがなかったから、レベルが上がっているとは思っていなかったけど、凄く弱いね。

こうなったら、ポイントを使って自分を強化してしまうか。

えっと、ポイント一万につき、ＨＰとＭＰは１０、それ以外のステータスは１増やせる。

とりあえず、Ｓ君と同じくらいにしておこうかな、ということで……。

名前：ウィン　レベル：１
ＨＰ：８０８　ＭＰ：５０６
ＳＴＲ：９７　ＤＥＦ：７７　ＤＥＸ：１０５
ＡＧＩ：６６　ＩＮＴ：６５　ＭＮＤ：６６

五百七十万使って強化してみました。ちょっとその辺を走ってみたら、百メートル五秒くらいのスピードになっているね。……やりすぎた。

それを見たモニカが、嬉しそうに飛び跳ねている。

「お兄様、すごーい。私もやってみた～い」

もしやモニカも強化できるのでは？　と思って、彼女の手を握《にぎ》ってポイントショップを開いたら……見事にステータスが表示されて、どれを強化するのか選べるようになった。

うん、チート確定。兄妹で強化します。お父様達も強化したいけど、それは後々。

さすがに僕以上にするとダメだな～と思うので、今は少しだけ強くしよう。

兄の沽券《こけん》に関わるからね。兄より強い妹、ダメ、絶対。

名前：モニカ　　レベル：1
HP：5↓505　　MP：8↓308
STR：2↓32　　DEF：3↓33　　DEX：2↓32
AGI：2↓32　　INT：6↓36　　MND：7↓37

二百六十万ポイント使って、モニカを強化。

強化が終わるとすぐに、モニカが走り出して石を手に取って海へと投げはじめた。

石は水面を跳ねて、信じられないくらい遠くまで飛んでいった。妹の年齢から考えると驚異的だ。

僕もやってみたいけど、危なそうなのでやめておこう。

しばらくモニカと浜辺で遊んでいたら、S君が駆けてきた。

「マスタ～。ポイントが残り一千万になっちゃいました～」

ポイントが少なくなったから報告に来たみたい。どんだけ妖精を強化したんだ？

「一千万か～。じゃあ、残りは商店街でも買ってみようかな」

納品箱に戻ってポイントショップを開く。

納品箱まで走ったのに全然息切れしないよ。完全に強化しすぎたな～。

「お兄様、まだまだ遊びましょ～」

「モニカ。浜辺じゃなくて今度は商店街に行ってみよう」

せっかく買ったんだから、すぐに見てみたい。

僕は首を傾げるモニカの手を取って商店街へ向かう。

商店街は少し離れた何もない草原にポツンとできていた。噴水広場とかを買えばつながるのかな？

商店街に入ると、おばちゃんが僕に気づいて声をかけてきた。

「いらっしゃ～い……。って〝神様〟じゃないか～」

しかも神様呼ばわりしてくる。それを聞いて、商店街の人達から歓声が上がった。

思った通り、商店街のような施設には人がいるみたいだ。妖精と違ってちゃんと表情がある、普通のおじさんとおばさんだね。そんな人達がみんなで僕を崇《あが》めてくるんだから、恥ずかしくなる。

それにしてもこの商店街、どこかで見たことがあるような……。気のせいかな？

「ようこそ農場商店街へ！」

「あ、ありがとうございます……」

おじさんが花束を差し出してきた。受け取ると商店街の人達はにっこりと微笑んでくれる。

「私達の仕事は加工物の販売だよ。神様の農場から得たアイテムを使って加工物を作るのさ。たとえば羊毛から服を作るとかね。あとはミルクからチーズとか、小麦からパンとか、他にも色々販売できるようになるから、毎日寄っておくれよ」

おばさんはそう言ってウインクした。見知らぬ人々の登場に、モニカが少し戸惑っている。

「おばさん達、お名前は？」

「神様の妹様ね。私達には名前はないのよ。道具屋だから、そう呼んでくれればいいわよ」

「お名前がないの？　道具屋さんなんておかしいです。じゃあ、私がつける～」

あっけらかんと自分は道具屋だと言うおばさんは、いかにも作られた存在っていう感じがして、なんだか悲しい。モニカもそう思ったらしく、腕を組んで名前を考えている。

「う～んとね、アイムさんでどうかな？」

「ふふ、ありがとうね、妹様」

「私はモニカだよ～。あと、お兄様は神様なんていう名前じゃなくて、ウィンっていうんだよ～」

「ウィン様だね、わかったよ。ありがとう、モニカ様」

おばさんの名前はアイムに決定した。アイテム屋だからアイムか、安直だけど良い名前だ。

アイムさんと話しをしていると、少し背が低くて立派な髭《ひげ》を蓄《たくわ》えた男性が近づいてきた。

僕らの領地には住んでいないので現実世界で実物を見たことはないが、この特徴からして噂に聞くドワーフだろう。他にも耳が長いエルフなんかもいるかもしれないな。

「おいおい、道具屋だけずるいぞ。モニカ様～、俺達にもつけてくだせえ」

ドワーフさんが土下座してモニカにお願いしてきた。

これを皮切りに、周りのお店の人達もモニカに懇願《こんがん》しはじめる。ここに命名の神が降臨しているぞ。

「あなたはドワーフさんだから、ドワンさん」

「ありがとうごぜえます！」

モニカは得意げに胸を張り、次々と名前を決めていく。あっという間に十人程の商店街の人達の命名を終えてしまった。凄いな～、そんなに僕じゃ決められないよ。

みんな嬉しそうにモニカの頭を撫でている。なんだかお地蔵さんみたいだな。

「ウィン様、王様達も早く解放してあげてちょうだいね」

「王様？」

「お城に住んでいる方だよ」

アイムさんの情報によると、お城や城下町にも住人がいるみたいで、城下町は鉱物系の買い物ができるらしい。ということは、鎧《よろい》とか武器とかかかな？

「チーズができたよ。はい、ウィン様」

みんなと談笑していると、乳製品屋さんのミルさんがチーズを持ってきてくれた。

「ええ!? まだ納品していないけど！」

「はっはっは、関連施設や動物を作っていれば、その時点で材料が供給されて、商品が店に並ぶようになっているのさ～。そのまま食べるもよし、加工するもよし。ウィン様の思うがままにできるよ」

どうやら、納品やポイントショップの解放に連動して、商店街の商品も増えるようになっているみたいだ。

牛などの肉類はどうかと思ってお肉屋さんを覗くと、お肉がたんまり置いてあった。

【僕だけの農場】っていうスキルなのに、商店街までできてしまった。この後の城下町とかお城を造ったらどうなっちゃうんだろう。

唖然《あぜん》としていると、S君が僕の服の裾を引っ張った。

「マスタ～。僕は海産物を集めて納品していきますね。鉱山はAとBで大丈夫そうなので」

「そうなの？　じゃあ、任せようかな。でも操船なんてできるの？」

「知らないんですか、マスター？　船は指示を出せば勝手に進んでくれるんですよ」

「ええ!?」

まさかのチート船。操作しなくても指示すれば自動で動いてくれるのか。ってことは、砲台も勝手に撃ってくれるのかな？　まあ、僕の世界で使う必要があるとは思えないけど。

S君には海産物を捕ってもらうことにして、僕らは商店街を回った。

さっきのチーズのように、初めてできた品物は、お試しとして最初の一つはポイントなしでもらえるみたいだ。以後は購入にポイントが必要になる。

まだまだできてないものが多そうだ。もっと頑張らないとな～。

この日はモニカと【僕だけの農場】の世界を満喫《まんきつ》した。

今度は船で大海原を観光してもいいかも。

ポイントも使い切れて良かったよ。明日はもっと凄いポイントになっているんだろうな～。

さて、そろそろ現実世界に戻って、お父様とお母様に美味しいチーズをご馳走《ちそう》しよう！

◇

【僕だけの農場】から帰ると、興奮した様子のモニカが早速お父様とお母様に農場のことを話した。

二人とも興味津々といった様子で、次は私達もって、僕に迫ってきた。

まあ、ポイントも凄いことになるだろうから、今度は家族で行こうかな。

その日の朝食の食卓には、持ち帰ったチーズが並んだ。

お父様もお母様も美味しそうに食べているよ。

僕が持ち帰った小麦でボドさんに作ってもらった白いパンも、ふわふわでとっても美味しい。

この小麦も、トマトやジャガイモみたいに少し普通のものと違うようで、パンにするととにかくふわふわになる。何か特別な力を持っているのかもしれない。

「このチーズやパンは今まで食べたことがないほどのものだな。夕食楽しみだ」

「そうね。お肉もいっぱいあるし」

お父様達が頬を緩めながら話す。

みんな、美味しすぎてにっこりしている。ボドさんも腕まくりして僕にウインクしてきた。本当に彼の料理の腕は凄い。初めて見た食材も、少し教えるだけでちゃっちゃと料理してしまうんだ。

そういえば、農場のお肉も変わっているんだよな～。心なしか輝いている気がする。

まさか放っておいても腐らなかったりして。……って、そんなはずないよね。

「しかし、作物の取引は慎重に考えないといけないかもしれないな」

お父様が顎《あご》に手を当てて呟いた。こんな良いものを売らないなんて、もったいない。

「えっ！　それはなんで？」

「ウィンがもたらしたものは、確かに凄い。これが世に出回るのは良いことだと思う……が」

お父様はテーブルに地図を広げて、考えながら説明を続ける。

「ここが私の領地。砂漠で有名な不毛の地で、唯一の特産といえば、浜辺で作る塩だ。しかし、今は荒れ地や砂漠が緑地帯になりつつある。それで作物の収穫量がいっぱいになると、王国内のバランスが変わる」

「バランス……？」

「ああ、今までこんな場所誰も見向きもしなかったが、農業資源があるとなったら話は別だ。領地を欲する者が現れるかもしれない」

でも、僕らが暮らすヘイゼル王国は長い間平和で、王様のヘイゼルフェード王をはじめ、大抵の貴族は穏健だから、お父様が思っているようなことにはならないと思うけどな〜。

「ウィンの言いたいことは大体わかる。我がヘイゼル王国は今とても安定していて、平和を愛している者が多い。しかし、若き貴族や次代の指導者の中には野心を抱き、成り上がるチャンスを窺っている者もいるんだ。隣の領地アリューゼ様の息子、アウグストもそれだろう」

なるほど。今まではともかく、これからの世代が動き出すかもしれないのか。

確かに、お父様は塩を買ってもらえなかったっていうし、実際そういう駆け引きもあるんだろう。

「まだヘイゼルフェード王には知らせずにいた方がいい。しばらくは領内で消費だな」

「そうですか……仕方ないですね」

ただみんなのためにとやっていたんだけど、領外の事情も考えないといけないのか。良いことをしていると思っていても、情勢がそれをさせてくれない。お父様の言葉に、僕は俯《うつむ》いた。

「元気出して、お兄様！」

「そうよ、ウィン。何か良い方法を考えついたら、その時大々的に売り出しましょ」

モニカとお母様が抱きしめて僕を励ましてくれた。

そうだよね。そんなに慌《あわ》てて事を進める必要はないよね。まずは領民のみんなを助けていこう。

みんなで朝食をとった後、お父様が領地を視察すると言うのでついていくことにした。

お母様とモニカはボドさんに料理を教わるらしい。

ということで、僕とお父様はしばらく外出して、緑地化の進んでいる領地を見て回ることにした。

まずは漁村だが、ここでは緑地化の恩恵は他の村ほど大きくない。緑いっぱいになっても漁には影響ないからね。それよりも干物と塩の生産量を増やしたいけど、人がいないって話だった。

次に一日ほどかけて砂漠の村に行った。

すでにかなりの土地が緑地になっていて、今まで砂漠だったとは信じられない。

村長のオロミさんに話を聞くと、やはりここでも人が足りていないらしい。

そして、最後に立ち寄った荒野の村でも同じような状況だった。

土地柄もあって、僕らの領地は人口が少ない。この問題ばかりは外の力を借りないといけないかもな。

そんな課題を確認しながら、僕とお父様は帰路に就《つ》いた。

◇アウグスト◇

「しかし、ギュスタとかいう奴の顔、今思い出してもウケるぜ」

「塩しか扱ってねえ領地の領主になんか、なりたくねえな～」

取り巻きのグスタとエグザが笑っている。

俺はアウグスト、ヘイゼル王国の貴族だ。こいつらも同じ貴族の跡取りで、歳が近いからいつもつるんでいる。

「塩なんて別のルートでも入手できるし、いくらでもあるからな。今更いらねえんだよ。親父はなんであんな砂漠と塩しかない土地の領主と仲良くしていたんだか……」

上に立つ者として、あんな利益のない土地を持つ領主と仲良くするなんて、あり得ない。

あちらの民が死のうが俺には関係ない。難民がうちの領地に流れてきたら働かせてやろう。奴隷としてな……クックック。

「それにしても、アウグストは災難だな。あんなのと隣同士なんてよ」

「本当にそうだよね。アウグストの親父さんは軍人だったんだろ。軍神アリューゼって有名だったぜ。それがなんで仲良くしていたんだ？」

こいつらの言っている通り、俺の領地はギュスタの領地の内陸側の隣に位置している。親父はあのギュスタと親交があって、しょっちゅう塩と物々交換で取引していた。

俺の親父は元々軍人で、数多くの戦場を生き抜きいくつもの戦果をあげた。そして軍人から貴族に這《は》い上《あ》がったんだ。

だがそんな親父も天命には勝てず、まだまだこれからという歳であっさり亡くなってしまった。

跡取りとして俺は領地を統治することになったんだが、あそこは親父の土地だ。俺のものじゃない。息苦しいんだ。だから、俺が普段住む家は王都に造ってある。

俺がいなくても領民達は暮らせる。親父の教育が良かったからな。

「アウグストんところは土地が豊かで羨《うらや》ましいぜ」

「土地はな。どっち見ても山で、作物は育つんだが、娯楽がなくて退屈でな。月一くらいしか領地には戻らねえよ。女を抱くのも飽きたしな」

羨ましがられるようなものじゃない。

作物や人は多く、貿易なんかの利益は凄いが、どれもただ引き継いだだけで、自分で築き上げたわけではない。

報告されても、俺にはよくわからない数字が多く並んでいるようにしか見えなかった。

俺にはそんなもの必要ないんだ。親父のように戦争で名を上げ、活躍したかった。

退屈な貴族の生活は、俺には合わない。

そう、俺達は退屈している。

ヘイゼル王国は過去の戦争に勝って、今や周りに逆らう国はない。別の大陸では戦争が続いているらしいが、ここいらは平和で何も起きない。現王のヘイゼルフェード様は民にも貴族にも慕《した》われている方だから、反乱分子らしき者も見つかるわけもない。

「あ〜あ、どこかで戦争でも起こらねえかな？」

グスタがぼやいた。戦争か。そうなれば俺も親父みたいになれる。だが……。

「ははは、何言ってんだよ。戦争なんてそんな簡単に起きるはずねえだろ。この国の住民は平和ボケしてるしな」

エグザが笑った通り、この国は平和すぎる。スラムがなく、戦災孤児のいない国なんて、ここくらいだろう。

奴隷もみんな優遇されている。食事は一般市民より少ないが、外国の難民が奴隷になってでも入りたいと希望するくらいには待遇が良い。

畑を耕したり、魔物退治に使われたりで、戦争に駆り出されることはない。一部の冒険者は奴隷に厳しいと聞くが、あくまで少数だ。奴隷の虐待《ぎゃくたい》などで二度警告を受けると、以後奴隷を買うことはできなくなる。

我が国の王は心優しきお方だからな。

民が不満を抱かなかったら、戦争なんて起きない。

「不満、か……。戦《いくさ》がないのなら、起こせばいい……」

「お、おい、アウグスト⁉」

戸惑う仲間達に、俺はすかさず問いかける。

「なあ、戦はどうやったら起きると思う？」

「そりゃ、他所の国の軍隊が攻めてくるとか、納得できないことが起きて民が暴れるとか……」

「そうだ。しかし、王都でそれはあり得ない。……だが、ギュスタの領地ではどうだ？」

そう、食料の少ないギュスタの領地ならば、民は不満を燻《くすぶ》らせているはずだ。そんな奴らに武器を与えれば、ここぞとばかりに暴発して、立ち上がるだろう。

血気盛んな者を何人か集めて背中を押してやれば、簡単に戦争の火が灯《とも》る。

「そうか！　食べ物がなくて領主が直々に頭を下げに来るほどだし、領民も困窮《こんきゅう》しているはずだ！」

「アウグストもすげえよ。そんな領主を無視すんだからな。さらに内乱を起こさせようなんて……最低だな」

最低だなどと言いながらも、意地の悪い顔を俺に向けるエグザとグスタ。こいつらも俺の案に乗るようだ。

王都でこれ以上の会話は危ないだろう。俺は二人を連れて、王都に近いエグザの領地へと向かうことにした。そこから若くて野心のある領民を連れていく。

そいつらに扇動《せんどう》させて、ギュスタの領地が戦地になればこっちのもの。暴動鎮圧《ぼうどうちんあつ》の名目で俺の兵士達が攻め込み、必ず勝てる戦争へと持ち込む。考えるだけで体が燃えるように昂《たか》ぶる。親父に習った大剣を振るえるんだ。

くくく……やっと退屈な世界を変えられる！

◇

エグザの領地で準備を整えた俺は、仲間と共にギュスタの土地で民を扇動できるか様子を見に来た。ところが、そこには驚くべき光景が広がっていた。

砂漠だったはずの場所が緑地化して、作物が実っていて、しまいには川まで流れている。

エグザとグスタは呆《あき》れた風に首を横に振っている。

「アウグスト、ここが本当に砂漠か？　俺には緑地に見えるんだが？」

「ああ、確かにここがギュスタの領地だ。しかし、確認は必要だ。オロミという村長を訪ねるぞ」

驚いている場合じゃない。こんな神の力と言ってもいいことが起きている詳細を知りたい。本当にここが砂漠だった土地ならば、緑地になった理由があるはずだ。

「これじゃあ戦争は起こせそうにないな」

グスタはつまらなそうに俺についてくる。戦にならないとわかって残念なのだろう。しかし俺にとってはそれどころじゃない。隣の土地がこんなに裕福になってしまったら、逆に俺の土地のものが売れなくなるかもしれないからだ。内心俺は焦っている。

「おぉ、これはこれはアウグスト様。どうされたのですか？」

杖をついた白髪の爺さんが俺達を迎えてくれた。村長のオロミだ。親父が生きていた頃、ここには何度か取引に来たことがあったから、俺を覚えていたようだ。

「親父が死んでから来ていなかっただろ。少し心配で様子を見に来たんだ。大丈夫か？」

「ありがとうございます。アリューゼ様が息災の頃はよく助けてもらいましたね。今はもう大丈夫です。お腹いっぱい食べることができております」

畑には作物が実っていて、倉庫の中や家の中は野菜でいっぱいだ。俺の領地よりも採れているかもしれない。しかも、今の季節ではできない野菜などもちらほら見える。素人の俺でもわかる異常さだ。これは絶対に何かあるな。

「オロミ。一応聞くが、お前がここにいるということは、この辺は以前砂漠だったところだな？」

「はい、確かにここは砂漠でしたよ」

「……どうやって砂漠を緑地に？」

俺は率直に疑問を投げかけた。しかしオロミは顎を触り、黙り込んでしまう。

「教えられないか？」

「そうですな。これはギュスタ様から口外しないようにと言われております」

やはり、ギュスタが絡んでいるのか。つい最近、王都で俺に頭を下げていたのに、どうやってこんなに作物を手に入れたんだ。こんな短期間で砂漠が緑地になるはずがない。子供でもわかる。

まるで魔法のような……。

「アウグスト様？　それで今日はどういったご用件で？」

考え込んでいると、オロミが話しかけてきた。俺はハッと我に返って答える。

「様子を見に来たと言っただろ。それは済んだ。後はギュスタに会いに行く予定だ」

こうなれば、ギュスタに直接聞くまでだ。

俺達はすぐに馬車に戻って走り出す。

「おい、ギュスタが吐くのか？」

「あんなことをしたやつに吐くかね～」

グスタとエグザが椅子にもたれかかって話している。

「お前達、よくそんなに呑気《のんき》に構えていられるな。今の状況がわからないのか？」

二人はキョトンとして見つめてきた。やっぱりわかっていないのか。

「土壌がしっかりした土地がいきなり増えたんだぞ。それも、季節が違う作物がなる土地がな。簡単に言うと、競争相手が増えるんだよ。そうなると、今まで通りにはいかない。より安いものが売れるようになる」

「それがどうしたんだよ」

しかし二人は俺の説明に首を傾げるばかり。これはわかってないんだろうな。

「いいか、この土地が商人ギルドの信頼を得るなんてことになったら、俺達は勝てないんだよ」

「はっ？　なんで勝てないんだよ。自慢じゃないけど、俺の土地の作物は結構人気あるんだぜ」

エグザが自慢してきたが、俺の領地だってそこそこの作物が採れるという自負がある。しかし、ここのものと比べてどうかと言うと、なんとも言えない。

そもそも季節の違う作物がある時点で、商人ギルドは目をつけるだろう。そうなると、どんなに良いものがあっても勝てる気がしない。

「とにかく、このままじゃまずい。……帰るぞ」

「えっ。ギュスタに会いに行くんじゃないのか？　このままでいいのかよ。まずいんだろ？」

「ああ、非常にまずい。だから王都に戻って知らせるんだよ」

「誰に？」

「……」

グスタの質問には答えず、無言で窓の外を眺《なが》める。

誰に言うのかって……？　そんなの、決まっているだろう。

魔法のようなこの状況が、本当に魔法の力の賜物《たまもの》だったなら。

そうすると、海の向こうの国が関わっている可能性がある。これを理由にすれば、正当性を持って軍を動かせるかもしれん。

あ・の・方・の協力が得られればな……。クックック。

◇

「アウグスト、それで面白いことというのはなんだ？」

ギュスタの領地から帰ってすぐに、俺は一人である人のもとを訪れた。

エグザとグスタは俺の屋敷で待機だ。あいつらは言葉が悪いから、このお方の機嫌を損ねかねない。

「王太子にして勇者である私に知らせるほど面白いことなんだろうな？　下らない話だったら、わかっているのか？」

俺の目の前にいるその人物とは、ヘイゼル王国の王子であり、勇者のスキルを有するランス様だ。

彼の首筋には、勇者の証《あかし》であるアザが刻まれている。

この世界には、神からスキルを授かり、常人とはかけ離れた特別な力を行使できる者が稀《まれ》にいる。

ランス様や隣国の巫女はそうした存在の一人だ。

彼は前の戦争で俺の親父と一緒に活躍し、戦争を終わらせた英雄だ。

親父にはあまり近づくなと言われたが、仲良くさせてもらっている。

この方も俺と同じく平和に飽いて戦争を待っている。だからきっと、俺の話に食いつくはずだ。

「はい、とても面白い話です。ギュスタの領地を知っていますか？」

ランス様は不敵な笑みを浮かべて頬杖をついた。

「ほう、ギュスタか。確か海に面した砂漠の土地で、塩を供給しているな。だが、それがどうした？　何もないはずだが」

「それが今、突然砂漠がなくなり、色々な作物が実っています」

「ん？　王国の領地が潤っているのは良いことだ。さながら神の奇跡か、あるいは魔法か。しかし、そんな話で私が喜ぶと思うか？」

ランス様は首を傾げている。確かに、それだけならばただ有益な話でしかない。だが、ここからが俺の腕の見せ所だ。

「あの男は王国に反旗《はんき》を翻《ひるがえ》し、独立しようと企《たくら》んでいます。何らかの方法で潤った自分の領地が、他の貴族に狙われるのを恐れているのです。現に、仲間達と砂漠の村の村長に作物のことを確認しに行ったら、ギュスタから口止めされていると言って、一切話しませんでした」

ランス様はワインを一口含むと、グラスを弄びながら、考えを巡《めぐ》らしている。

しばらく無言で考えていたランス様が、グラスをテーブルに置くと、窓際《まどぎわ》へと歩いていった。彼は外を眺めながら、重々しく口を開く。

「そんな魔法を使ったかのような出来事を……。お前が面白くするということだな……？」

その言葉に、俺は思わず生唾を呑み込んだ。ランス様は俺の嘘に気づいたみたいだ。国王に知られたら、俺は反逆者になってしまうかもしれない。

反逆罪は死刑だ。緊張で手汗が凄いことになっている。

「私は面白ければそれでいい。アリューゼは背中を任せられる男だったが、その息子はどうかな？」

値踏みするような視線を受け、俺はたまらず目を逸《そ》らす。

まるで旨そうな贄《にえ》を得た蛇のようで恐ろしい。

「参謀《さんぼう》としてはなかなか使えそうか……」

「ありがとうございます……」

俺は静かに首《こうべ》を垂《た》れた。

「しかし、そんな辺境の土地に強い者がいるとも思えないな……。民草をいくら殺しても俺の渇きは癒やせない。まあ、せいぜい次の戦への火種になってくれればいい」

しみじみとそう呟くランス様の顔は、虚《むな》しさ冷酷《れいこく》さが入り混じる複雑な表情で彩られていた。

ギュスタの領民は全員、標的になったってことか。

「すぐに発《た》つ準備をする。案内しろよ、アウグスト」

「はいっ。お待ちしております……」

ランス様は王様に知られる前にことを進めるつもりのようだ。

俺はお辞儀をしてランス様の屋敷を後にする。すぐにエグザとグスタに知らせて軍を動かす。

さあ、楽しいハントの時間だ。

◇

領内の視察から戻って、お父様の仕事が落ち着いたある日。

僕は【僕だけの農場】に家族全員を連れてやってきた。

「マスター、ポイントが十億ですよ」

「ええ……」

S君が知らせてきたポイントが凄いことになっている。もうポイントは気にしなくていいかもしれない。

「そのポイントっていうのはなんだい？　ウィン」

「えっと、ここで使えるお金みたいなもので、それで農場を大きくしたり、必要な物を買えます。実際に買ってみるから見ていてください、お父様」

僕はそう言って納品箱に触ると、まだ買っていない島、お城、城壁、城下町、噴水広場を買っていく。

その直後、にょきにょきと地面から城とか壁が生えてきて、一瞬で完成した。しかし、城壁は三十メートルほどの長さしかない。ショップを見るとまだ商品欄に城壁があるから、これは複数買えるみたいだ。買える限り買うと、しっかりとした城壁が出来上がって城下町と商店街が囲まれた。

「凄いものだな。それにここにいる間は現実の時間が進まないんだったな？」

お父様は感心して声を漏らす。

ポイントショップは僕にしか見えないけど、わかってくれたみたいだ。

「そうです」

「ん？　ウィン。城の方から馬が走ってきているぞ」

「え？」

お父様が指さす方向を見ると、白銀の鎧に身を包んだ騎士が、白馬に乗った土煙を立てながら近づいてきていた。

「ゴッド！　城を作ってくれたのですね。ありがとうございます」

「ゴッド!?」

僕を呼んだらしいその名前に、思わず顔が引きつる。

そんなことにはお構いなく、騎士は颯爽《さっそう》と馬から降りて、僕の前に跪《ひざまず》いた。フルフェイスの白銀の騎士は凄く格好良い。

「皆様もご一緒でしたか。ゴッドのご両親ということは、我らの両親とも言えますね」

騎士はお父様とお母様にも首を垂れた。いやいや、あなたの両親ではないでしょ、おかしな人だな。

「あなたは……？」

「これは失礼いたしました。嬉しさのあまり、兜《かぶと》を脱がずにご挨拶するなど……」

白銀の騎士が兜を脱いだ。男だと思ったら、長くてサラサラの金髪がとても綺麗な女性だった。

「私はヴィクトリア。騎士団長を務めています」

ヴィクトリアさんが跪いたまま名乗った。

「ゴッド！　王がお待ちです。どうか城にお越しいただけませんでしょうか」

「王様⁉　って、そのゴッドって呼ぶの、やめてもらえませんか」

「失礼いたしました⁉　では神様と？」

「商店街の人にも神様って言われたんだけど、やめてもらったんだ。ウィンって呼んでほしい」

「そんな！　呼び捨てなど……」

ヴィクトリアさんは恐縮するあまり脂汗《あぶらあせ》をかいた。彼女にとって、それほど僕は偉大みたいです。

一方お母様はというと、そんなヴィクトリアさんの態度を無邪気に喜んで、僕を抱き上げて頬ずりしてきた。

「凄いわ、ウィン。神様になったのね～。さすが私とギュスタ様の子供だわ！」

「皆様、もしこの後のご予定がなければ、ぜひ城にお越しください」

予定といってもみんなのステータスを上げるくらいだったので、僕らはヴィクトリアさんにお城まで案内してもらった。王様ってどんな人なんだろう？

「ゴッド、こちらにお乗りになりませんか？」

「……いや、僕はいいです」

何度かウィンって呼んでと頼んだのに、ヴィクトリアさんは頑《かたく》なにゴッドと言ってくる。

そして彼女は馬に乗ってほしいみたいだけど断った。お父様達もいるのに、尊敬のまなざしが僕に注がれる。なんだか恥ずかしいな。

「乗ってみたい～」

「妹様！　では妹様を」

指をくわえて見ていたモニカを、ヴィクトリアさんが自分の前に抱えて馬に乗せた。

「わ～、たかーい」

サラブレッドっぽい馬なので、日頃僕が乗っているポニーと違って目線が高い。モニカは嬉しそうに前を見ている。

「ゴッド様がお見えだぞ！」

「すぐに門を開け～」

僕らの姿を見るとすぐに、門衛が城壁の門を開けはじめた。全員僕らにお辞儀していて、顔すら見えない。

っていうか、みんな僕のことをゴッドって言ってくるんですけど……。

「ゴッド、馬車を用意しています。ここからはこちらで」

ヴィクトリアさんが指さす方を見ると、金色の装飾が施された馬車が停まっていた。そこまでの道には赤い絨毯《じゅうたん》が続き、執事のおじいさんが客車の扉を開いて待っている。さすがに豪華すぎる。

「乗ろうか、ゴッド？」

「ゴッドお兄ちゃん！」

……お父様とモニカがからかってきた。日頃はそんなことしない二人だけど、テンションが上がってしまったのかもしれない。楽しそうに僕の手を引っ張ってきた。

僕らが乗り込むと、すぐに、馬車が出発する。すぐ横をヴィクトリアさんが並走しているけど、本当に綺麗で絵になるよ。

「お兄様、王様はどんな人なのかな？」

「僕も知らないんだけど、ヴィクトリアさんは前にどこかで見たことがある気がするんだよね」

「ふふ、それって恋かしら？　お嫁さんはまだ早いわよ、ウィン」

お母様がクスクス笑って僕を小突いた。そういうのじゃなくて、なんていうか本当に見覚えがあるし、名前も知っている気がするんだ。

なぜだろうと考えているうちに城下町を抜けたらしく、執事のおじいさんが扉を開いた。

執事さんに手を取られて馬車から降りると、目の前にヴィクトリアさんの鎧のような白銀のお城がそびえ立っていた。

移動中も見えていたんだけど、近くだとかなり大きく感じる。

「さあ、皆様。中へどうぞ！」

ヴィクトリアさんが馬から降りて、満面の笑みで城の門を開けた。

これから王様と会うのか～。なんだか緊張する～。

ヴィクトリアさんに案内されながら城の中を進み、仰々《ぎょうぎょう》しい大きな扉の前までやってきた。

扉が開くと赤い絨毯が玉座まで続いていて、その両側に白銀の鎧の騎士達がずらりと並んでいる。

いずれもフルプレートアーマーとフルフェイスの兜でとっても強そうだ。

そして、正面奥の玉座には金髪の美しい少年が座っている。

「王！　お連れしました」

「ご苦労様、ヴィクトリア」

ヴィクトリアさんが少年に跪いて報告すると、彼は微笑んで僕を見つめた。

少年王……彼もどこかで見たことがあるような……。

「ゴッド、よくぞおいでくださいました。私はシュタイナー。僭越《せんえつ》ながら王を務めています」

玉座に座っていたシュタイナー君は立ち上がって胸に手を当ててお辞儀をしてきた。その動作に合わせて、ヴィクトリアさんと周りの騎士達も一斉に頭を下げる。

「どうやら、ウィンは本当に神になってしまったようだね」

王と名乗った者が頭を下げる異常な光景に、さすがのお父様達も驚いている。でもモニカはいつも通り、僕に尊敬のまなざし。

「お兄様凄い！」

「早速ですが、ゴッド。こちらをあなたに」

シュタイナー君は僕に高そうな白銀のブレスレットを差し出してきた。

「我々はこの世界の住人。故にゴッドの世界ではお守りできません。しかしそんなことは嫌なのです。だから、これを身につけてください。そうすれば我らをゴッドの世界に呼び出すことが可能になります」

「ええ!?　人も外に？」

僕が驚いて声を上げると、シュタイナー君は頷いて話を続けた。

「家や大きな家を買った時に、妹様をこの世界に呼ぶことができるようになりましたよね？　それと同じように、このブレスレットは城を解放したことで解禁される機能なんです」

やっぱり、家を買ったことで人をこの世界に招待できるようになったのか。元あった小屋では無理だったんだ。

「王様……」

説明を終えたシュタイナー君に、今まで脇に控えていた黒髪の女性が、何かを促すように声をかけた。

ロングストレートの髪で、黒い和風の服を着ており、腰には刀を差していてなんだか強そうだ。

そして僕は、ヴィクトリアさんの時同様、これまたどこかで見たことがあるような、懐かしい感覚に陥《おちい》る。日本人っぽい黒髪だからかな？

「ところでゴッド、城下町はご覧になりましたか？」

「城に先に来たので、馬車の窓からしか――」

シュタイナー君に答えると、黒髪の女性がかぶせ気味に手を挙げた。

「では、私が案内いたします」

「え？」

やけに積極的な彼女に戸惑っていると、シュタイナー君が少し言いにくそうに質問してきた。

「あ〜……ゴッド。こちらの女性を覚えていますか？」

「初めまして……ですよね？」

今日ここで初めて会った人だよね。

確かに、なぜか知っているような気はするけど、状況的にどう考えても初対面だ。

お父様達にも目配《めくば》せしたが、首を横に振っている。基本的に僕の交友関係はお父様達も把握《はあく》しているから、僕が会ったことがあるなら絶対に知っているはずなんだけどな。

「ゴッド。私やこの城、それにヴィクトリアに見覚えは？」

「え……」

「では、『エリアルド農業物語』という名はどうです？」

「――っ!?」

僕が死ぬ前にやっていたゲームの名だ。まさかシュタイナー君の口からその名前が出てくるなんて。

しかし、彼が口にした言葉によって、僕の中で記憶の糸がつながった。確かに、僕は彼らに直接会ったことはない。でも……。

「じゃあ、この世界は……」

びっくりしている僕に、シュタイナー君が微笑みかける。

「わかっていただけましたか」

この世界は前世で僕がやっていた『エリアルド農業物語』っていうゲームの世界だったようです。驚きすぎて頭がついていかない。

でも、言われてみれば、ヴィクトリアっていう騎士は確かにいた。そして、あのゲームでは道具屋とか商店街の人達には名前がなかった。

ってことは、あの黒髪の女性は、まさか……。

「カエデ……」

「はい！　会いたかった」

名前を呼ばれると、カエデさんは顔を赤くして僕の前まで近づいてきた。

黒髪の侍カエデ。『エリアルド農業物語』に出てくるヒロインの一人で、攻略対象の女性だ。和服っぽい装《よそお》いが特徴的で、居合切《いあいぎ》りで敵を倒してくれる。

『エリアルド農業物語』には魔物との戦闘もあるから、彼女と一緒に冒険なんかもできるんだ。カエデは斬撃を飛ばせる強い侍で、冒険パートでもよく連れて行ったな～。

潤んだ瞳で見つめてくるその様子から、彼女が僕とのゲーム内の記憶を持っていることが窺える。

「カエデさん……」

「さん？　あなたは私の夫。呼び捨てで構わない」

フルフルと首を横に振って訴えるこの控えめな感情表現。確かに『エリアルド農業物語』のカエデだ。

神様は僕のためにこのゲームをスキルにしてくれたのか！

神様、ありがとうございます。

と、盛り上がってしまう僕だったが、当然お父様達は僕の前世やゲームのことは知らないわけで、状況が呑み込めずにぽかんとしている。

ただ、お父様達が暮らす現実世界と『エリアルド農業物語』の世界観が比較的近いのもあって、そこまで違和感は抱いていないようだ。

漠然と、僕の身に神の奇跡的な何かが起こったんだと認識しているんじゃないかな。

「ご家族の皆様には、私からこの世界についてお話しておきましょう」

シュタイナー君がウィンクした。

あの様子だと、お父様達にもわかる形で、うまくごまかしてくれそうだから、彼に任せてしまおうかな。

「私達は城下町に行きましょ」

カエデが僕の手を引いて外へ行こうとすると、モニカが「私も行きたい」と追いかけてきた。

「ふふ、モニカはまた今度にしましょ。行ってらっしゃい、ウィン」

気を利かせてくれたお母様に抱き上げられたモニカがだだをこねる声を背に、僕とカエデは城を後にした。

「……」

カエデは無言で僕の手を取って歩いていく。僕はまだ子供だから少し小走りになってしまう。

「あっ、ごめん。もうちょっとゆっくり歩く？」

「あ～、うん」

僕の様子を見て照れながら話すカエデ。死ぬ前にやっと結婚したカエデが、現実に目の前にいる。

さっきまで忘れていたなんて、僕って奴は……。

だけど、嬉しくて嬉しくて有頂天《うちょうてん》になってしまう。さっきから顔が熱くなっている気がする。

バレていないかな？　まあ、バレてもいいんだけど、ちょっと恥ずかしい。

「噴水広場。覚えてる？」

噴水広場に着くと、カエデが手を離して噴水の縁《ふち》に座った。

水をすくい上げて僕を見つめる。噴水広場は、ゲーム内でカエデと初めて会話した場所だ。

朝早くに噴水広場に着くと、刀の素振《すぶ》りをする彼女と会える。

神様はどこまでゲームを反映しているんだろうか。でも、ゲームでは出てこない大きな船を入れていたりするし、侮《あなど》れないな、あの神様は。

「初めて話したところだよね」

僕も噴水の縁に座った。

「うん。努力する姿を人に見せないために朝早くに特訓しているんだけど、それを見られた。ゴッド……今はウィンだっけ。あの時から、ウィンは私の暗殺対象になった」

そういえば、そんな設定だったっけ。暗殺対象から恋愛関係になっていって、やっと結婚できた。

「それから隙を探るために近づいて、一緒に冒険に出ている間に好きになった。なんだか面白かった。だって暗殺の機会を窺っているうちに、恋に落ちちゃうんだもん」

「そうだね」

カエデは楽しそうに思い出話を続けた。完全にゲームそのままだ。神様はサービス満点だな。

冒険をする間に何回か回復をしたり、支援魔法をかけたりすると好感度が上がるんだ。カエデの攻略法は結構特殊だったんだ。懐かしいな〜、昨日のことのようだよ。

思い出に浸《ひた》る僕だったが、突然、カエデの表情が曇った。

「でも、やっと結婚したと思ったら、あなたは動かなくなった……。私も動くことができなくて、声も出せないし、涙も流せなくて」

……僕が死んでしまったせいか。一人暮らしだったから、大家さんか隣の家の人が異常に気づくまでゲームがついたままだったんだろうな。その間、カエデを一人にしてしまったってことか。

「しばらくして、気が付くと真っ暗な世界にみんなと一緒にいて」

「みんなっていうのは、この世界の？」

「そう、それでその後真っ白な世界に来て、神様と話をしたの」

僕も一度そこに行ってから転生させてもらったんだ。神界みたいなものだと思う。

「ウィンが死んじゃったって聞いて、私も死のうと思った。だけど、神様はあなたが別の世界に行くって言った。それで、私も行きたいってお願いしたら、無理だって言われたの。私達は空想の人間だったから。みんなでそれを聞いて絶望したよ。だって私達は……本当に生きていたんだからね。あのエリアルドの国で、生きていたんだから……」

頷いて応えると、彼女の瞳から涙が溢《あふ》れて、噴水の縁にこぼれ落ちた。

自分の存在が作りものだったなんて知ったら、そりゃ泣きたくもなるよ。一生懸命生きていた自分の人生が全て紛《まが》い物《もの》、作り物だったなんて言われたら……。

「でも、この胸に込み上げてくる気持ちは、作られたものじゃない、私のものだって思って、神様にお願いしたの。そして、ウィンを守り、助けるためにスキルという特殊な力になりたいと願ったの。みんなも同じ気持ちだった。それで私達は〝ここ〟に存在できた」

そうだったのか。神様はみんなの願いも叶えてくれていたんだ。日本で暮らしていた時には神様なんて何の助けにもならないと思っていたけど、今は本当に感謝の気持ちしかないよ。

「……迷惑だったかな？　ウィンにも許嫁《いいなずけ》がいるかもしれないのに」

「あ、ううん。そうじゃなくて」

色々考えていたら、カエデが勘違いしてしまった。安心させるために両手を握って言葉を紡《つむ》ぐ。

「凄く嬉しいよ。でも、本当にごめんね。過労で死んじゃうなんて、頼りない男だったね」

「ううん。あなたは優しくて頼りになる人だったよ。私が傷つくとオドオドしてすぐに回復してくれていたし、街の人に毎日プレゼントしていたしね」

プレイスタイルも記憶しているとは、ちょっと恥ずかしいな。カエデがダメージを受けた時、どうすればいいのかわからなくてオドオドしてしまったことが何度かあった。ただ回復すればいいのにね。あと、プレゼントっていうのは、回復薬をみんなに配っていたからだね。回復薬を嫌がる人はいなかったから、信頼度上げに使っていたんだ。

「でも良かった。私達のゴッドは、本当に優しい人だった」

優しい表情。ゲームで最初は厳しい顔をしていた彼女だったけど、心を許してくれた時に初めて見られる表情だ。

僕は最初、彼女を強い護衛みたいな感じで連れていた。でもこの表情を見て僕は本当に好きになったんだ。それからはずっと一緒に冒険していて、しばらくして結婚できることがわかって……ようやく結婚したら死んじゃったんだよな～。

まあ、今は本物がいるわけだからいいんだけど、ゲームの続きは気になるな〜。

「ありがとう。僕のためにこの世界に来てくれて」

「ううん。だって、大切な旦那様だもの。少し小さくなっちゃったけどね」

「はは」

ゲームの主人公は確か十四歳の少年だったかな。それから考えても僕はまだまだ小さい。でも、この世界なら前世の法律なんて関係ないから、結婚しても大丈夫なのか。

ちなみに、僕が転生した世界も、『エリアルド農業物語』と同じで十四歳で結婚できる。貴族社会は家の存続のために跡取りが重要だから、早い結婚が認められているんだよね。

「そろそろ私達だけの時間は終わり。城下町に行きましょ」

「あ、うん」

カエデに手を引かれて、僕らは噴水広場から城下町へ向かう。

近づくにつれて、少し鉄が焼けるような臭いがしてきた。

「あれは鍛冶屋《かじや》さん、それに酒場と冒険者ギルド。あとは商人ギルドですね」

カエデの案内で城下町をあちこち巡る。

鍛冶屋では剣とか盾などの装備が売っている。これらはポイントショップみたいに、僕や妖精達が手に入れたり納品したりしたものでラインナップが更新されるらしい。

酒場の商品もそんな感じで、大麦は納品していないからエールはまだないみたい。とはいえ、すでに小麦は納品しているので、大麦が解放されるのも時間の問題だろう。

「ウィン。この新しいエリアルドの世界でも冒険者にならない？」

農業物語の世界には冒険者ギルドっていうものが存在して、仲間を連れてクエストに行くっていうのがゲームの流れだった。ＥからＳまでのランクがあって、クエストの達成数で上がっていく。

ちなみに、僕が転生した世界にも冒険者ギルドはあるらしい。

さて、カエデの誘いはどうしよう。ここだと、冒険者になったことで買えるものが増えるかもしれないな。とりあえず、登録しておこうか。

頷いて同意すると、彼女は笑顔で僕の手を取って、すぐに冒険者ギルドへと向かった。

観音開きの扉を押してギルドに入る。

銀行の受付みたいなところに綺麗なお姉さん達が座っていた。ここら辺もゲームと同じだ。ちょっと違うのが、併設されている酒場が別の建物っていうことだけ。

受付カウンターの方から、魔法使いの黒い帽子をかぶった金髪ロングの女性が眼鏡《めがね》をクイッと持ち上げながら近づいてくる。彼女は農業物語で冒険者ギルドのマスターをしているエレクトラさんだ。

「あら？　ゴッド様、登録に来たのですか？」

「エレ、ゴッドはやめてほしいって。今はウィン」

カエデがやんわりとフォローを入れてくれる。

「そうなの？　でも、あちらではゴッドという名前だったはずだけど？」

エレクトラさんが首を傾げる。確かに、そんな名前でゲームをしていました。

今思えば、よくこんな人に知られると恥ずかしい名でプレイしていたものだな。そのせいでみんなにゴッドなんて言われるようになってしまった。これは過去の自分を恨むぞ。

「ふふ、可愛らしく顔を真っ赤にしているわね」

「エレ、私の旦那様をからかわないように」

エレクトラさんとカエデはゲームの世界では仲が良かった。軽口を言い合える間柄《あいだがら》だ。

「何を言っているの、カエデ。こちらではゲームのルールは関係ないんだから、ウィン様は私達全員とお付き合いできるのよ？　もちろん、子供だって……」

エレクトラさんは僕の手を取って誘惑してきたけど、カエデがすぐにその手を払う。二人はバチバチと視線をぶつけて睨《にら》み合《あ》っている。なんだか熱い。

「あの、登録を……」

話が一向に進まないのでエレクトラさんを急《せ》かすと、二人は息をついて受付へ進んだ。

受付の女性はエレクトラさんの視線の圧を受けて、オドオドしながらも手続きを始めた。

「で、では。ウィン様、こちらにお名前を……」

一通り登録を終えると、女性は続けてクエストの受け方を説明してくれる。

「これが冒険者カードです。このカードでクエストの羊皮紙に触れていただくと受理したことになります。その状態でカードを目の前にかざすとマップ画面が表示されますので、それに従って目的地に向かってください。クエスト内容が採取やアイテム入手の場合は、対象にカードで触れればすぐにこちらのギルドに転送されるようになっています」

説明をしてくれた女性に頷いて応える。この辺は完全にゲームと同じ感じだな。

「報酬《ほうしゅう》はゴールドで支払われます。現実世界では通貨として使えませんが〝金〟と同じ価値があります。ここでの価値よりもかなり高いものですので、ご利用は計画的に」

「え！　ゴールド？」

「はい」

受付の女性はさも当然のように言ってきた。確かにゲームの世界ではGと表示されていたけど、あれはゴールドの略だったのか。じゃあ、【僕だけの農場】でクエストを受けて報酬をもらうと、金が得られるわけか。……チートだな～。

ひとまず簡単なクエストを受けて、ギルドを後にすることにした。

「じゃあ、エレ。またね」

「今度来る時はウィン様だけでもいいわよ？」

帰り際にエレクトラさんがまた変なことを口走るから、二人はまた睨み合っているよ。本当に仲がいいな～。

「まったく、エレは……」

「とか言いながら、大好きなくせに」

「ばっ……。そうだけど」

僕の指摘を否定しきれず顔を真っ赤にして俯くカエデ。こういうツンデレなところも彼女の良いところだ。

可愛らしいカエデと一緒に一度お城に戻り、今度は僕が家族のみんなを案内して城下町を回った。

お母様はネックレスを買って、モニカは厳《いか》つい靴を買った。そういうのはモニカには似合わないと思うけどな。で、お父様はというと、武器屋で剣を買った。現実の世界では危険がいっぱいだから、こういうものが必要なんだよね。

買い物を終えた後、僕は家族みんなのステータスを上げた。

強化するにはお父様達に直接触れないといけないと思っていたけど、実は納品箱から出るウィンドウでもできることが発覚した。横にスライドさせるだけでお父様達の似顔絵付きのウィンドウが見られて、数字を変更できるんだ。

ちなみに、全員のステータスはこんな感じ。

HP：7000　MP：6000
STR：700　DEF：700　DEX：800
AGI：500　INT：500　MND：500

これだけ上げてもポイントが余りまくっています。

妖精達も全員ステータスを上げたおかげで、作業効率が上がっているんだよね。

僕の家族は世界一の強さを手に入れてしまったかもしれない。

◇

「おお！　凄いな、これは」

「本当ね。まさか、ジャンプで屋根まで飛べるなんて。夢のようね」

「この前よりも速～い」

農場から現実に戻った僕らは、ステータスの上昇を実感した。

お父様とお母様は屋敷の屋根に飛び乗って、モニカは庭を走り回っている。僕も試しに跳んでみたんだけど、三十メートルは跳んでいるかな。僕らは人間をやめてしまったようです。

「これなら馬はいらなくなりそうだな」

「そうですね」

屋根から飛び降りたお父様に苦笑いで応える。

いくら走っても息が切れないから、一生走っていられそうなんだよね。モニカなんてさっきからずっと楽しそうにぐるぐる屋敷の周りを回っているのに、まるで疲れている様子がない。

「ギュスタ様！」

そこへ、ハアハアと息を切らした執事のアウディさんが駆けてきた。彼はお父様の執事で、いつも一緒にいる人だ。お父様の言いつけで元砂漠の村に行っていたはずだけど、何かあったのかな？

「ん？　どうしたアウディ？　そんなに慌てて」

「王都にいる友から連絡がありました。ランス様が軍を率いてこちらに向かっているそうです」

「ランス様が軍を？　どういうことだ⁉」

アウディさんの報告にお父様は顔面蒼白《がんめんそうはく》。軍が動いたってことはそれだけの事態が起きているはずなんだけど、僕らの領地は平和そのもの。なんで向かっているんだろう。

「あなた……」

「大丈夫だ、リリス。何かの間違いだよ」

お父様は、心配そうに俯くお母様の肩を抱き寄せて宥《なだ》める。

そうだよ、平和なこの領地でそんな物騒《ぶっそう》なことが起こっているわけがない。話せばわかるはずだよ。

第二章　守るべきもの

僕とお父様は状況を確認するために、すぐに街道を北上して王都へ向かった。

お父様の私兵を連れているので馬での移動になるが、今の僕とお父様なら走った方が速い。最初は二人だけで行こうと思ったが、アウディさん達に止められたんだ。今の僕らは人を超えてしまっているから心配無用なんだけど、仕方ないね。

お父様の私兵は二十人。少ないな～。

「王都からの距離を考えるとそろそろランス様の軍と接触するはずですが、前方に森があるので先が見通せません」

アウディさんはそう言うと、街道の先へと斥候《せっこう》を走らせる。

しばらくして帰ってきた斥候が、怯えた様子で報告してきた。

「見えたか……」

「はい、数はおよそ五百です」

お父様の領民の数は二百程度。当然、全員が戦えるわけではない。戦えるのはせいぜい五十人ほどだろう。そんなところに五百の兵を連れてくるなんて、どうかしている。

「五百……私の領地の人口を超えているじゃないか。話をする。使者を送ってくれ」

「わかりました」

お父様が指示をすると、斥候はすぐに馬に乗って走っていった。

残った僕らは、会談の場所にするために急いで天幕の設営を始める。

やがて、前方の森から斥候の人と鎧に身を包んだ集団が現れた。全部で五十人くらい。全員ではないみたいだ。

その中でも一際《ひときわ》迫力のある金髪の男性が、部下を待機させて僕らのところにやってきた。彼がランス様だろう。

お父様は建てておいた天幕にランス様を招き入れる。

「ランス様、こんな辺境にようこそお越しくださいました。何ぶん急なことで、おもてなしの準備もできていませんが」

お父様は当《あ》たり障《さわ》りのない挨拶をして頭を下げる。王子であるランス様はお父様よりも遥かに位が上だから、失礼があってはいけない。貴族社会は縦社会だからね。

「ああ、ギュスタ、知らせずに来て悪いな。どうも面白い噂を聞いたのでな」

「噂ですか……？」

「ああ。アウグストから、反逆の疑いありという噂をな」

ランス様が告げた訪問理由に驚愕《きょうがく》し、お父様は慌てて首を横に振る。

「な⁉　反逆なんて、滅相《めっそう》もない！」

「ふむ、そうか？　では、どうやって砂漠の地を緑化したんだ？　後ろめたいことがないのであれば答えられるだろう？」

「そ、それは……」

しどろもどろのお父様に対し、ランス様はさらに追及を続ける。

「先日アウグストがこの地に来て、砂漠の村の長《おさ》と話したらしいが、緑地にした力の秘密を教えてもらえなかったとか。平民同士ならともかく、貴族にまで秘密を貫くとは、後ろめたいことがあるのだろう？　たとえば……海の向こうの魔法都市ヒルドラドの力を借りた、とかな」

魔法都市？　そんなところがあるとは初耳だ。

でも、今の会話でこの騒動《そうどう》の発端《ほったん》が誰なのかはわかった。アウグストだ。

お父様の塩を買わなかった隣の領地の貴族。先代のアリューゼ様はとても良い人だったのにな。

「そんなこと、ありえません。我が領地には船舶が停泊できる港もないのに」

「浜から小舟を出せばいい。魔法技術の見返りはなんだ？　我が国への上陸の足掛かりか？」

「それでは戦争になってしまうじゃないですか！　ランス様とアリューゼ様が築いた平和を壊す理由が、私にはありません！」

ランス様の問いにお父様が反論する。お父様はアリューゼ様のことが大好きだったんだ。そんな人が作った今の平和を、好き好んで壊すはずがない。

しかし、ランス様はまるで聞く耳を持たなかった。完全にこちらが悪者扱いだ。

「それにしても、こんな場に子供を連れてくるとはね。私が手心を加えるとでも思ったか？」

ランス様が鋭《するど》い目つきで僕を見下ろした。

「ん？　この子供は……」

「ウィン、こっちに来なさい」

ランス様が近づこうとするとすぐに、お父様が僕を背中に庇《かば》うように手を引いた。

「ははは、何も取って食べようというわけではないぞ。そう、怖がるな」

「わ、私の息子に何か？」

「いやなに、アリューゼのような強者の臭いを感じて少し感慨深くなっただけだ」

そう言うと、ランス様は顎に手を当てて天井を見上げて何か考えはじめた。

「すぐにでも戦闘開始するつもりだったが、少し待つことにしよう」

そして突然、ぽんと手を叩くと、そう言った。

最初から武力行使するつもりだったみたいだ。完全に敵視していたってことか……。

「こちらの言い分は聞いていただけないのですか？」

「ふふ、まあ、そうなるね。私はつまらないんだよ。今の平和な世は、刺激が足りないんだ」

「それならば、なぜ一度退くんです？」

ランス様はコップの水を飲み干すと、お父様の質問に答えた。

「これでも勇者として覚醒《かくせい》している身。君らが〝人の範疇《はんちゅう》から逸脱《いつだつ》した者〟だというのはわかっているよ。特にその子供だ。明らかに強さが異常だ」

彼は僕らのステータスに気づいているみたいだ。強者のみが嗅ぎ分けられる臭いみたいなものがあるのかもしれない。ポイントを使ってステータスを強化している僕らとは違って、ランス様みたいに数々の戦場をくぐり抜けた猛者《もさ》ならばわかってしまうんだろう。

「ついでに言わせてもらうと、砂漠を緑化したのもその子の力だろう。違うか？」

コップの水を飲み干すと、ランス様は的確に指摘した。

僕らは何も言えず、汗をかくのみ。その様子を見て、ランス様が不敵に笑う。

「どうやら正解のようだ。アウグストが言っている以上に面白いことになりそうだね。開戦は三日後とする。その間にその子供の力で私をはねのけてみよ。では……楽しみにしているよ」

ランス様はそう言い残すと天幕を出ていった。

◇

兵士達に馬を任せて、僕とお父様だけ先に屋敷に帰ると、お母様とモニカが心配して玄関で迎えてくれた。モニカは不安で今にも泣き出しそうだ。

「まずい方向に物事が進んでいるよ。ランス様は私達を敵に認定した」

お父様の話を聞いて、お母様の顔が青くなる。

「そ、そんな！　王様は？」

「あの様子では、きっと王は知らないだろう。しかし、王に書状を送ろうにも、果たして無事に届くかどうか」

王への手紙は途中で見つかって運んでいる人が危ない目に遭《あ》うと思う。お父様も同じ考えだったみたいで、手紙を送るつもりはなさそうだ。

そうなると、僕らだけでなんとかしないといけない。二百人もいない領地でどうやって……。

「ウィン……彼らの力を借りられないか？」

「そうですね」

お父様の考えを理解した僕は、左手のブレスレットに触れる。

「【シュタイナー召喚】！」

ブレスレットから光のカーテンが放たれ、その中からシュタイナー君が姿を現した。

教えられた通りやってみたら、本当に出てきてくれた。

「ゴッド・ウィン。参上いたしました」

「……ウィンだけでお願いします。僕の黒歴史なので」

ただでさえ恥ずかしいのに、こっちの世界でまでゴッド呼ばわりされたらたまらない。

「それで、状況は？」

「僕の領地が攻められそうなんだ。相手は同じ国の王族で、勇者なんだ」

「勇者？　勇者がなぜ？」

シュタイナー君は理解できないようで、首を傾げている。

ランスとの話を説明すると、彼は呆れた様子で顔をしかめた。

「平和がつまらない……？　そんなことを言う奴が王族で、勇者を称するなど、許せませんね。少しお仕置きが必要なようです。その親も同罪だ。私が説教をくれてやりましょう」

シュタイナー君は鼻息荒く拳《こぶし》を握る。

同じ王族として、民を虐《しいた》げる者が許せないみたいだね。幼く見えても、やっぱり王様なんだな～。

彼みたいな王様が治める国なら、みんな平和に暮らせそうだよ。

「戦いはいつになりますか？」

「三日後に攻めてくるようなんだ」

「わざわざ宣戦布告していったのですか？　律儀《りちぎ》ですね。そこは褒めてあげましょうか。では、三日後の開戦の際には私も同行します。その時に私の怖さを思い知らせてやりましょう」

フンスッと腕を組んで楽しそうに話すシュタイナー君。顔は笑っているのに、なんだか怖いな。

そんな彼にお父様が質問する。

「シュタイナー君、君は強いのかい？　さすがに息子と歳が変わらないように見える少年を戦場に立たせるのは好ましくないのだが……」

「ふふ、秘密です」

いたずらっぽく笑うシュタイナー君の子供っぽい仕草に、お父様はますます不安そうだ。

「心配でしたら、カエデやヴィクトリアを呼んでくれれば大丈夫ですよ。なんなら、エレクトラも呼べば敵なしですよ。彼女達は我がエリアルド王国の最大戦力ですからね。それに……私だけ呼ばれたなんてバレたら、後で彼女達に怒られそうですからね」

そうか、彼女達も呼べるのか。

シュタイナー君の顔が少し強張《こわば》っている様子を見ると、みんなの圧が凄いんだろうと想像できる。僕を守るためにやってきたゲームの住人だからな。仕方ないのかもしれない。

「しかし……勇者ランスは一人で二百の兵を倒したという逸話《いつわ》がある。あるいはアリューゼ様と共に五百の敵兵を倒したとも言われる勇者で、バケモノと恐れられているんだ。それを超える強さを手に入れられれば、軍を退けることも容易なんだが」

お父様の呟きを聞き、シュタイナー君があっけらかんと応える。

「そんなの簡単ですよ。というか、すでに超えていると思いますよ」

「「えっ」」

僕とお父様は思わず首を傾げた。

何しろ相手は勇者だよ？　そんなわけないよ。まだまだステータスを上げておいた方がいい……はず？

「それでもまだ不安なら、私達の世界に来てご自身を強化してください。三日後、面白いものが見られるかもしれませんね」

シュタイナー君は黒い笑みを浮かべてそう言った。

◇

僕らはすぐに農場の世界へ移動した。

シュタイナー君達も、僕と一緒に農場の世界に入ると同じところに現れるみたいだな。自動でお城に転送されたりはしないようだ。

「マスター。ポイントは二十億になりました。自由に使ってくださいね」

妖精S君が報告にやってきた。他の妖精のステータスも一通り上げたおかげで、ポイントが溢れるほど入ってくる。

「妖精達は元の世界でも大変良い子でしたが、こちらに来てさらに良い子になりましたね」

そう言って、シュタイナー君が頭を撫でると、S君は気持ちよさそうに目を瞑る。

金髪の美少年と可愛い妖精さん――この組み合わせは絵になるな～。

思わず二人に見惚《みと》れていると、モニカが頬を赤くして呟いた。

「シュタイナー君はカッコいいね。でも、お兄様の方がカッコいいけど」

「モニカ!?」

シュタイナー君はイケメンだからな～。モニカが僕以外の男の子に興味を持つのは初めてかもしれない。でも、少し複雑な気持ち。

「僕がみんなのステータスをいじってくので、お父様達は適当に活動してください」

「そうかい？　じゃあ、あの船を見に行こうかな。あんな船は魔法都市でも拝めないからな」

「じゃあ、私は商店街で加工方法を見てみようかしら」

「城下町に行く～。冒険者になってクエストを受けてみた～い」

みんなはそれぞれ別行動にして、シュタイナー君も兵士に呼ばれて城に帰っていった。

こっちにいる間は現実世界の時間は経過しないから、慌てる必要はない。

「さて！　どのくらい強化しようかな～」

ということで、納品箱に触れてステータスを開く。

ＨＰ：７００００　ＭＰ：６００００
ＳＴＲ：７０００　ＤＥＦ：７０００　ＤＥＸ：８０００
ＡＧＩ：５０００　ＩＮＴ：５０００　ＭＮＤ：５０００

とりあえず、全部一桁上げておいた。これだけ派手に使っているのに、どんどんポイントが貯まっていく。もうポイントは無限と考えてもいいかもしれないな。

家族の強化も終えて、モニカの様子を見ようと冒険者ギルドへ向かっていると、カエデと会った。どうやら、彼女は買い物をしていたみたいだ。

ギルドの前に着くと、エレクトラさんがオロオロと周囲を見回していた。何事かと声をかけると、彼女はホッとした様子で僕に抱きついてくる。

「ちょっと、エレ！　どさくさに紛れて」

カエデが怖い顔になったんだけど……。

「カエデ！　今はそれどころじゃないのよ。モニカ様がグレートドラゴン討伐《とうばつ》のクエストを受けてしまったの！」

「ええ⁉　グレートドラゴン！」

ゲームでは確か、Sランクの討伐クエストだ。ゲームをクリアして初めて受けられる裏ボスのポジションの魔物だよ。僕はクリアしていなかったから、ネットで見た情報だ。

クエストを受けると街のすぐ近くに現れて、籠城《ろうじょう》しながら戦って、何とか倒せるような魔物だ。

「ちょっと、エレ！　モニカ様は今日登録したばかりなはずよ。なんでそんなクエストを？」

カエデの疑問にエレクトラさんが答える。

「冒険者ランクっていうのはステータスにも影響されるのはあなたも知っているでしょ？　モニカ様は登録時に軽くSランクの冒険者レベルのステータスまで上がっていたの。だから受付の子もそのまま受理してしまったのよ」

ゲームでは９９９がステータスの最高値ってネットに書いていたような気がする。ここではどうだかわからないけど、僕らのステータスは意図せずSランク冒険者並みになってしまったみたいだ。

「じゃあ、早くモニカ様の救援に」

「それが、凄い速度で走り去ってしまって、方向くらいしかわからなかったわ……。だからウィン様が来ると思って待っていたのよ」

「エレ？　私達はウィンの強さに影響されるのよ。ヴィクトリアと私はウィンよりも強くなっていて、あなただって同じくらいの強さになっているのよ。すぐに追いかければ追いつくでしょ」

「それくらい知っているわよ。それでも追いつけないと思ったの。たぶんモニカ様はスピードタイプよ。私は魔法タイプだから無理よ」

ゲームでは仲間のキャラクターはみんな、プレイヤーである僕と同水準の強さに補正される。ヴィクトリアさんとカエデは前衛で戦ってくれるキャラクターだから少し強めで、後衛のエレクトラさんは少し弱め。ゲームではシュタイナー君を仲間にできないから、彼の強さは知らないな～。秘密って言っていたけど、気になる。

その時、突然街を覆うような咆哮《ほうこう》が聞こえてきた。

「グレートドラゴンの声⁉」

グレートドラゴンは攻撃をしないと声を上げないはず。ということは……。

声のする方へみんなで走る。

その間も何度かドラゴンの声がしていたが、突然、静かになった。

街の防壁付近に着くと、門からモニカが入ってきた。僕の姿を見つけると、すっごく満足したような笑顔で抱きついてくる。

「お兄様～。ドラゴン倒しました～」

「ええ⁉　素手で？」

モニカは武器を何も持っていない。つまり、素手でドラゴンを倒したってことだぞ。現実世界にもドラゴンは存在するそうだけど、倒したなんて話は物語でしか聞いたことがないよ。

「そういえばカエデ、こっちの世界の魔物は倒すとどうなるの？」

「死骸は霧散《むさん》してその場から消えて、ギルドで素材がもらえるのよ。もちろん、報酬の金貨もね」

カエデはモニカに向き直ると、わしわしと頭を撫でて褒める。

「モニカ様は武闘家の素質があるのかもしれませんね」

「そうなの？　わーい」

嬉しそうに笑い合う二人は、仲の良い姉妹のようだ。

ドラゴンの素材を確認するために、僕らはモニカを連れて冒険者ギルドに移動する。

「グレートドラゴンの鱗が十個と牙が十個。あとは魔核が一個ね。もちろん金貨もどっさり」

受付で提示された素材を、エレクトラさんが一つ一つ手に取って説明してくれた。

鱗も牙も手のひらに収まらないサイズで、どちらも銀白色に輝いていて綺麗だ。

もし現実世界に持ち帰って「龍の素材がいっぱいあります」って宣伝したら、お父様の領地にたくさん人がやってきそうだな。

エルフやドワーフなんかも来るかも。それらの種族は独自の国を持っているからあまり外には出てこないらしいが、ドワーフなんかは珍しい鉱石や魔物の素材があるとやってくるんだ。職人魂《しょくにんだましい》が疼《うず》くのかな？　少し前に王都で伝説の金属オリハルコンが仕入れられて騒ぎになった時にも、集団で現れたそうだ。だから、この鱗と牙を持ち帰ったら、同じように大騒ぎになるだろうな～。

今はそれどころじゃないけど、ランス達を追い返したらやってみようかな。

「次は何やろうかな～」

素材を一通り見たら、モニカが次のクエストを物色しはじめた。元気だな～。

「グレートドラゴン～」

「ええ、また⁉」

モニカは飽きずに同じグレートドラゴン討伐の羊皮紙を選んだ。

すでに一度倒しているから心配はないけど、今回は僕も行こうかな。

「僕も一緒に行くよ、モニカ」

「え！　お兄様と一緒！　やった〜」

僕の言葉にモニカは大喜び。ぴょんぴょん跳ねて僕に抱きついてくる。

まるでピクニックにでも行くような気楽さの僕とモニカを見て、カエデはクスクスと笑う。

「ふふ、じゃあ、ウィンの装備を買わないとね」

「はは、そうだね。さすがに素手っていうのは良くないよね」

モニカは素手でも大丈夫かもしれないけど、僕はできれば剣が欲しいな。ゲームではもっぱら大剣を使っていたから、大剣がいい。

「ウィンは短剣の二刀流がいいかもね」

「ええ⁉　カエデ、僕の装備知ってるでしょ？」

「もちろん覚えてるよ。大剣でしょ？　でも、今のウィンは小さいからね。体形に合っているのは短剣だと思うんだ。ガードもできるように二刀流ね」

カエデはそう言って僕を抱き上げた。七歳の僕は軽くて、彼女なら片手でも持てるだろうな。

スピードを活かした攻撃の方が今の僕には合っているってことなのかな？　カエデはこのエリアルドの剣士だから、適性がわかるのかもしれない。

「じゃあウィン、鍛冶屋に行こう。モニカ様の装備も見ましょうね。素手だと手が傷ついちゃうから」

「うん！　私も装備する～」

モニカが今度はカエデに抱きついた。

カエデは僕を下ろしてモニカを抱き上げると、僕と並んで歩き出す。

「ふふ、もう夫婦みたいね」

鍛冶屋へ向かう僕らの背中を見て、エレクトラさんが小声で言った。

僕とカエデはその声に振り向いて「夫婦です」と、ニカッと笑う。

だってゲーム内ですでに結婚しているんだから、僕らは夫婦なんだ。

「エレったら、気を遣ったのかな？」

歩きながらカエデが呟いている。エレクトラさんは遠慮してギルドに残ったのかな？

「装備～、装備～」

「モニカ様、すぐですから、もう少し待ってくださいね」

モニカに微笑むカエデの姿は、完全にお母さんのそれだ。

そうこうしていると鍛冶屋さんに着いた。

店内に入ると褐色《かっしょく》の肌のお姉さんが迎えてくれた。

「ゴ……ウィン様。いらっしゃいませ」

ゴッドと呼びそうになって、慌てて言い直す褐色のお姉さん。はい、前世の僕が悪いです……。

「カーヤ、何か良い装備は入ってる？」

「そうですね～。鉄、銀、金、ミスリル、あっ！　ついさっきドラゴンの装備も入荷しましたよ！」

カーヤと呼ばれたお姉さんがカエデの質問に答えた。

金しか確認しなかったけど、鉱山でミスリルまで出ているのか～。そのうち、アダマンタイトとかオリハルコンとか、ますますドワーフさんが喜びそうな異世界金属が手に入りそうだ。

まだドラゴンの素材は納品箱には入れていないから、魔物関連は討伐が条件で解放されるのかな。

装備を見ていると、ヴィクトリアさんが鍛冶屋の奥から出てきた。彼女は手にした金色に輝く剣をうっとりと見つめている。

「グレートドラゴンが倒されたと聞いて、飛んできましたよ。最高の剣です！　モニカ様、ありがとうございます」

ヴィクトリアさんがモニカに頬をこすりつけて喜びを表している。武器マニアなのかな？

「ヴィン様とモニカ様の装備も持ってきましたよ！　ほら」

ヴィクトリアさんは金色に輝く籠手《こて》と短剣を机の上に置いた。

しばらくすると輝きが治まり、銀白色の刀身や装甲面が姿をあらわした。

どちらも見た目が綺麗で、なんだか武器として使うのがもったいないな～。

「これ、モニカの？　やった～。お兄様見て！　きれ～」

嬉しそうに籠手を装備するモニカ。普通にワンピース姿なのに籠手なんかつけたら変だと思ったら、結構似合っている。可愛いモニカに最高の武器が備われば、敵《かな》うものはないな。

ちなみに、カエデに説明してもらった籠手の性能はこんな感じ。

【グレートドラゴンの籠手】
STR＋1000　DEF＋1000　DEX＋800　AGI＋800

……あれ？　裏ボスの素材を使っている割に大したことない？　いやいや、999がステータス上限なんだから、それと比較すると強いのか。もしかして……ステータス強化しすぎた？

「はい、これウィンの」

「ありがとう、カエデ」

カエデが短剣を二本手渡してくれた。どちらも鳥の羽よりも軽くて、体の一部みたいだ。

【グレートドラゴンの短剣】
STR＋1000　DEF＋500　DEX＋800　AGI＋1000

性能は同じくらい。二刀流だから二倍か。それでも僕らのステータスには遠く及ばない。

……うん、完全にやりすぎた。まあ、過ぎたことをいつまでも考えていても仕方ないな。

「似合ってるよ、ウィン」

「でも、この服装とは合わないかな〜」

「ふふ、そうだね。防具も必要？」

「いや、いいよ。ポイントが凄く貯まると言っても、無駄遣いは良くないから」

あくまでも素手で戦いたくないから武器を買いに来ただけだからね。

僕達の体は防具もいらないくらいステータスが高いっぽいし、無駄になっちゃう。

「モニカはどうする？」

「ん〜。お兄様がいらないなら、いらない」

いらないとは言ったものの、少し残念そうなモニカ。僕に遠慮している感じだな。

僕はヴィクトリアさんにウインクして合図を送ると、彼女は僕の意図を察して頷いてくれた。

「モニカ様にぴったりの可愛い装備がありますよ。見てみます？」

「それはいいね。モニカ、見てきなよ。遠慮せずに買ってきな」

「……え、いいの？　お兄様大好き！」

モニカは歓声を上げながらヴィクトリアさんに連れられて奥に入っていった。

◇

鍛冶屋で装備を整えると、僕達はすぐにクエストを受け、グレートドラゴンを倒しに行った。

二人でそれぞれクエストを受けたから、相手は二匹だ。空に飛び上がって炎を吐いてきたり、翼から銀白色の棘《とげ》を飛ばしてきたりで、結構大変だった。

まあ、攻撃に当たっても全然痛くなくて舐めプができそうな感じだったけどね。

「お二人ともお強い」

「本当に。もう護衛なんていらないね」

ドラゴンにトドメを刺すと、カエデとヴィクトリアさんが褒めてくれた。でも、その表情は複雑だ。二人はゲームの中では僕を守る存在みたいなところがあったから、その必要がなくなってしまったのが少し寂しいのかも。

「モニカは満足した？」

「うん！　楽しかった！」

頭を撫でてあげると、モニカは嬉しそうに微笑んだ。

「お母様は商店街だっけ？　僕らも様子を見に行こうかな」

最近、お母様は貴族なのに料理にはまりつつある。トマトソース作りも様になってきているし、お母様の作る料理も美味しいんだよな～。ボドさんの教え方がうまいからっていうのもあると思う。

商店街に着くと、料理の良い匂いが漂ってきた。

「お母様！」

「あら？　モニカ。服が汚れているわね～。綺麗な籠手もしているし、何をしていたの？」

「ドラゴン倒してたの～。こんなに大きかったんだから」

モニカが得意げに大きく両手を広げると、お母様はクスクスと笑う。

「あら、ドラゴンを倒してきたなんて、それは凄いわね～」

この様子だと完全にトカゲか何かのことを大げさに言っているだけだと思っていそうだけど、本物のドラゴンだと言うと驚かせちゃうかもしれないし、黙っていよう。

「今、チーズオムレツを作っていたのよ。ウィン、モニカ、食べる？」

商店街の人達と一緒にお昼にしようとしていたみたいだ。商店街の道の脇に長テーブルが並んでる。

さっきからお腹がグ〜グ〜鳴って、大変だったんだよね。

しかし、もうチーズを料理に取り入れるとは、さすがお母様だ。

「お二人も、一緒に食べましょ？」

「「はい……」」

お母様に勧められたカエデとヴィクトリアさんは、空腹に抗《あらが》えなかったらしく、椅子に座る。

お母様は自らお皿にオムレツをよそって、商店街の人達と一緒にテーブルに並べていく。

みんなで食べる食事は美味しい。オムレツは所々にチーズがちりばめられていてトロッと口の中でとろける。しかも、何種類かのチーズを使っているらしく、風味が奥深い。

お母様は色々と料理を極めつつあるな。これからの食事がさらに楽しみだ。じゅるり。

◇

大満足で食事を終えた僕らは、食器の片付けをしてからお父様の様子を見に海へやってきた。

海に着くと、上半身裸のお父様が手を振って僕らを迎えてくれた。

「あ！　お父様！　泳いでたの？」

「おお、モニカ！　ちょっと昔を思い出してしまってね。泳がずにはいられなかった。それよりも、凄いな、あの船は」

お父様が指さす先にあるのは、帆がない船。材質は金属っぽくて、大きさは自衛隊の護衛艦ほど。船なんてそんなに詳しくないからよくわからないけど、全長百五十メートルくらいはあると思う。

お父様が興味津々だったので、大きな船に乗り込んで、以前買った島へと向かうことにした。

以前聞いた通り自動で動くので、操船する必要はない。

僕らの世界じゃ、完全にオーバーテクノロジーだ。この船を現実世界に出せたら凄いことになりそうだよ。

「お父様、速～い！」

「そうだな、モニカ。この船は本当に凄い。帆もないのに、どうやって動いているんだ？」

船は凄《すさ》まじい速さで海の上を進んでいき、あっという間に島が見えてきた。

島の近くに来ても減速する気配はなく、船はそのまま浜辺に乗り上げてしまう。

「おお、そのまま浜に上がるのか！」

「か、過激な船だな～」

さすがにこれは、お父様と一緒に驚いてしまった。

っていうか、こんな大きな船が浜辺に乗り上げたら海に戻れないんじゃないかな。

しかし、カエデはまるで気にしていないらしく「さあ、行きましょ」と僕の手を引っ張る。

みんなで船から降りると、僕の心配は払しょくされた。

船が自動で後退して浜辺を脱出し、海に戻っていったよ。帰る時は合図を出せばまた同じように浜に上がってくれるみたい。便利な海上タクシーといったところか。

島には派手な色の花や木々が至る所に生えていて、完全に南国の島って感じだ。今のところ人の気配はない。

「お兄様～。小屋がありますよ～？」

一人で先に駆けていったモニカが、ぴょんぴょん跳ねて教えてくれる。

「あれ？　これって、見覚えがあるっていうか、初めて【僕だけの農場】に来た時みたいだな～」

敷地は柵で囲まれ、小屋のそばには納品箱もあって、雑草がもっさり生《お》い茂《しげ》った畑が見える。木も生えていて、本当に最初の手つかずの時の農場のようだ。

「せっかくだから、新商品が入っていないか見てみようかな」

色んなものを納品しているから、また増えているかもしれない。

南国の妖精S：五十万ポイント　　南国の妖精A：十万ポイント
南国の妖精B：五万ポイント　　南国の妖精C：二万五千ポイント
南国の妖精D：二万ポイント　　南国の妖精E：一万ポイント
ヤシの木：五千ポイント　　とても大きな船：十億ポイント

やっぱり増えている。

まさかの妖精の追加だよ。南国のというだけあって、この島限定の妖精みたいだね。

きっとこれらは、この島にたどり着くことで得られる商品だろう。

ポイントには余裕があるから、妖精は全員、ヤシの木ととても大きな船も解放してしまおう。

それにしても、十億の船か……どんなものなんだ？　大きな船が護衛艦レベルだから、それ以上となると空母かな？　僕も男だからその手のものは好きだけど、この世界で必要になるとは思えない。

色々と考え込みながら、一気に解放すると、モニカが「可愛い～！」と一人ずつ妖精を抱きしめはじめた。お母様も抱きしめたくてウズウズしている様子だ。我慢しなくてもいいのに。

南国の妖精達は、それぞれの色のハチマキと腰布を巻いて、いかにも南の島って格好だ。

「みんな、ヤシの木を植えてくれるかい」

「「「「はい！」」」」

早速、妖精達は指示通りヤシの木を植えていく。まだ雑草や小枝が散乱しているので、まずは掃除だ。中でもS君の動きが抜群で、各妖精達の初期の能力はこちらも同じのようだ。

一通り掃除が終わったところで、S君にみんなのステータス強化をお願いする。

「わっかりました～。先輩達と同じようにしてよろしいですか？」

先輩っていうのは農場の方の妖精達のことかな。あっちのこともわかるならそれでいいか。

「うん。みんな一緒で」

「ではすぐに取り掛かります」

少しして、S君が強化を終えると、妖精達の動きが目に見えて変わった。

ステータスって便利だな～。

「マスター、『何かの種』はどうしますか？」

A君が雑草から種を得たようで、見せてきた。

そういえば、最近『何かの種』の量産をしていなかったな～。新しい作物を得るにはこの種を大事にしないといけない。じゃんじゃんやってもらうか。

「全部植えて。できれば農場の方の種もやってほしいんだけど」

「わかりました。では、こちらが終わり次第農場の方にも行きます。大きな船を借りても大丈夫ですか？」

「あ、うん。じゃあ僕らは新しく買ったとても大きな船で……って、でか!?」

妖精君が船を使うというので海を振り返ると、来た時の〝大きな船〟が小さく見えるほどの巨大な船が浮かんでいた。とても大きなという言葉に相応《ふさわ》しい、空母みたいな船だけど、大きすぎてどこから乗るのか見当がつかない。

モニカも船に気付いていて、興味津々で近寄る。

「見て、お兄様～。床が上がり下がりしてます」

「エレベーター……」

船体側面の複数の床が上下している。モニカが恐る恐る飛び乗ると、エレベーターが上がっていく。お母様とお父様も別の床に乗っていったので僕とカエデも後を追う。

カエデはちょっと怖がっていて、なんだか可愛い。

「たか～い」

「本当。城下町のどの建物よりも大きい」

艦橋からの眺めは遠くまで見渡せて、とても綺麗だ。モニカとカエデが感嘆《かんたん》の声を漏らす。

お母様とお父様も二人で見入っている。

最高のムードで、僕とカエデは自然と見つめ合ってしまう。

「お兄様！　あの線はなんです？」

モニカが甲板に描かれた線を指さす。

そんな気がしていたけど、真っ平らな甲板に線って……やっぱりこの船、本当に空母だ！

兵器に疎《うと》い僕でもさすがに気づきます、ハイ。

なんでこんな超兵器が……。

狼狽《ろうばい》して返事をできずにいると、お父様が首を傾げる。

「ウィン？　この不思議な船のことを何か知っているのかい？」

「え？　あっはい。何と言うか……」

現代日本のことを何て説明すればいいかわからず、もにょもにょしてしまう。

お父様はしばらく顎に手を当てて何か考え込んでいたが、やがてゆっくり口を開いた。

「……ウィン。言いたくなければ言わなくていいんだよ。でも、聞いてほしいことがあったら、遠慮なく何でも言いなさい。たとえ何があったって、お前は私の最高の息子なんだから」

「そうよ。私達はあなた達が大好きなのよ」

「お父様、お母様……」

二人の言葉に、思わず涙がこぼれる。

すると、お父様とお母様が一緒に抱きしめてくれた。

「私もお兄様大好き～」

モニカも抱きしめてくれて、さらに涙が……。歳を取ると涙もろくて……ダメだな～。

「さて、そろそろ帰るか？　みんな満喫したかい？」

お父様がするりと立ち上がって、みんなに声をかけた。

「じゃあ、帰ろう。カエデを陸に戻してからだね」

僕はみんなにそう言って船を農場に帰還させた。

接岸すると、カエデは甲板から跳躍《ちょうやく》して陸に上がる。

そんなカエデに手を振りながら、僕らは現実世界に戻った。

◇

ザザーと、寄せては返す波の音が聞こえる。

ん……。海？　屋敷に戻ったはずでは？

視界が切り替わると、なぜかまだ海の上――というか、空母の上にいた。

前方には見覚えのある砂浜が広がっている。それを見て、お父様が声を上げた。

「あれはファイの村!?」

どうやら、僕らはとても大きな船と一緒に現実に帰ってきてしまったようです。

ということは乗り物召喚もできるようになったっぽい？

「凄いわね～。確か私達は屋敷でシュタイナーさんと話した後だったと思うのだけど……」

お母様が【僕だけの農場】に行った時のことを振り返った。

神様が言った通り、あちらに行っている間は現実世界の時間は止まっている。だって、向こうでいくら時間が経っても、こっちに戻れば太陽や月の位置はこれっぽっちも動いていないからね。

ならば、こっちの世界を基準に考えると、僕らの体は屋敷から海に瞬間移動したと言える。

もしかすると、乗り物に乗っている状態で農場から戻ると、その乗り物に適した地形に転移されるのかもしれないな。

船は海の上じゃないと動けなくなるし、万が一家の中にこんな船が出現したら大事故だ。建物が崩れてランディさんやボドさん達を生き埋めにしてしまうところだった。

逆に、僕らは元の屋敷に戻って、乗り物だけがどこかの海に放り出されてしまっても困るから、こういう仕様になっているのかもしれない。

それにしたって、危ないな～。乗っているだけで一緒に元の世界に戻るなんて。海上だって、誰かがいるかもしれないんだからさ。まったく、誰の船だよ……って僕のでした。

まあその辺、神様は色々配慮していると思うけど。

「とにかく、ファイさんに説明に行かなきゃ。でも、泳がないといけないのか」

小舟はないから、エレベーターになっている床で降りる必要がある。さすがに空母で漁村につっこむわけにはいかないしね。

「大丈夫だよ、お兄様。この距離ならひとっとび〜！」

「モニカ⁉」

水に濡れる心配をしていたら、モニカが甲板から大きく跳躍して、漁村の浜辺に着地していた。

驚いたお母様が悲鳴にも似た声を上げるけど、そういえば、僕らは最強のステータスになっていたんだ。軽くスカイツリーを飛び超えられるくらいの跳躍力がある。思いっきりジャンプしたらどうなるかわかりません。怖いから僕は試さないよ？

よく見たらドラゴン装備も腰に差したままだし、色々と持ち帰りすぎた。

「……そうか、私達は現実でも勇者を超えた力を手に入れたんだな……。これなら……」

モニカの跳躍を見て、お父様が何か呟いた。

「お父様？」

「……いや、何でもないよ。さあ、陸に上がろう」

お父様は首を横に振ると、お母様を抱き上げて跳躍した。

お父様は元冒険者なだけあって、こういうアクションは慣れたものみたいだな。

僕も続いて跳んだ。ちょっと怖かったけど、見事な着地をして、体操選手のようにポーズを決める。

「ギュスタ様⁉　どうされたのですか、皆様お揃いで」

漁村に着くと、ファイさんが僕らに気づいて声をかけてきた。家族全員集合していたから驚いているみたい。

「ああ、ファイ。一つ頼みごとを聞いてくれるかい。荒野の村の村長に、至急民を全員連れて漁村に来るように伝えてほしい。砂漠の民も集めるつもりだが、こちらはアウディに頼む」

「わ、わかりました。すぐに向かいます」

真剣な表情のお父様に頼まれ、ファイさんは緊張の面持《おもも》ちで馬を走らせた。

それを見送ると、僕らは屋敷へと向かう。

屋敷の前では、アウディさんがランディさんと一緒に待っていた。

二人は僕らを見てほっと安堵《あんど》の息をこぼす。

「ギュスタ様⁉　皆様⁉　急に目の前からいなくなって、ランディと共に心配していたんですよ」

シュタイナー君と話してすぐに農場へ飛んで、漁村に出てきたから、目の前で消えてしまったように見えたんだね。

やはり僕らは転移したと言えるだろう。これは色々と利用できそうだな。海に飛べる転移を手に入れたってことだからね。

「心配させてすまないな。心配ついでに頼まれてくれるか？　大事な用件だ」

「ギュスタ様。私達はあなた様の使用人です。あなたに死ねと言われれば、我々は死ぬ覚悟をしております」

二人は跪いて首を垂れた。領民をみんな漁村に集めるなんて、お父様は大工事でもするのかな？

「ありがとう。アウディ、三日以内に砂漠の村の民を全員漁村に連れてきてほしいんだ」

「砂漠の民を？　三日でしたら余裕はあると思いますが」

「なるべく急いでくれ」

「はい、早急に向かいます。留守の間、屋敷を頼みましたよ、ランディ」

ランディさんと頷き合うと、アウディさんはすぐさま馬に跨《また》がって走り去った。

今から砂漠だと、明日になってしまうと思うけど、大丈夫なのかな？

「さて、屋敷に入ろうか。今日は長く感じたしな」

お父様は優しい顔に戻って僕らを屋敷に促した。

農場で色々冒険をしたから疲れてしまった僕らは、すぐにお昼寝。

お母様とモニカに挟まれてベッドに横になったら、みんなすぐに寝息を立てはじめた。

「むにゃむにゃ……お兄様、大好き～」

「ギュスタ様、素敵です……」

どれくらい寝ただろうか、モニカとお母様の寝言が聞こえてきて、僕は目を覚ました。

もう陽が落ちたのか、窓の外の景色は暗くなりはじめている。

体を起こそうとしても、二人が僕を抱きしめているので身動きが取れない。

しばしそのままの姿勢でいると、部屋の扉が少しだけ開いて、お父様がかろうじて聞こえる声で話しかけてきた。

「(ウィン、起きたか。少し出かけてくる。留守を頼んだぞ)」

「お父様?」

出かけるって、こんな時間に?

街灯のない田舎では夜は視界が悪い。

まあ、ステータスもあれだけ強化したら滅多なことにはならないだろう。追いかけるにしても、今は身動きできないので致し方ない。

「みんなを集める理由も言ってくれないし……変なお父様だな～」

そう呟いて僕はまた夢の世界へと落ちていった。

◇ギュスタ◇

家族が眠っているうちに黒装束に着替え、私は王都へと走った。

もし私に何かあっても、息子のウィンがいれば大丈夫だろう。

夜が深まってきたが、暗い道も月明かりで十分に走れた。何より、走る速度が信じられないほどで、夜のうちに王都に着いてしまった。

城門を通るのはリスクが大きいと思い、私は城壁を飛び越える。

本当に身体能力が尋常じゃないほど強化されているな。

私はそのまま王城へと忍び込む。辺境の男爵にすぎない私が突然訪れて、王にお目通りが叶うはずがない。ましてこの時間だ、忍び込まなくては面会など叶わないだろう。

さすがに城の警備は厳重だが、闇に紛れて王の寝室のテラスに直接飛び移ってしまえば関係ない。ステータスを強化していなければ不可能な芸当だな。

王の寝室では、兵士が報告しているらしく、窓から会話が漏れ聞こえてくる。

「ランスはどうした、まだ戻らんのか？　南に向かったと聞いたが、何をしておる？」

「はあ……王には直接伝えてあるとのことでしたが……」

「まったく……。もういい、下がっておれ」

王は大きなため息をついてワインを一口含む。色々と気苦労が多いようだな。

王がベッドに横になろうとしたタイミングで、私は室内に入って声をかける。

「ヘイゼルフェード王」

「な！　何奴!?」

王は驚いて枕元の剣を手に取った。構えはなかなかだが、今の私の敵ではない。

目的はあくまで話し合い。戦うつもりはないので、跪いて首を垂れる。

「突然のご無礼をお許しください。私は南の辺境の領主、ギュスタと申します。ランス王子について、至急お伝えせねばならないことがあり、参上いたしました」

ランスの名前に反応して、王は話を聞く気になったらしく、剣を収めてベッドに座った。

「ギュスタ？　確か最近王都で食料を安く売るように色々な貴族に頭を下げていたとか？」

「恥ずかしながら、その通りです」

王の耳にまで私の痴態《ちたい》が伝わっているとは。

「して、ランスがどうした。申してみよ」

王はワインを飲み干すと、話を促した。

「王子は今、手勢を引き連れて私の領地を侵攻しようとしています」

「何を申す。お前の土地も我がヘイゼル王国のものじゃ。軍を差し向ける理由などない」

「はい。しかし王子は私に叛意《はんい》ありとあらぬ疑いをかけ、三日後に進軍すると宣言されました」

「……なっ」

私の報告を聞いて、絶句する。さっき飲み干してしまったのも忘れてワイングラスを口に持っていってしまうほど動揺している。

「信じられん……。しかし、確かにここ数日姿が見えない。暇だ暇だとは言っておったが、勇者の称号を持つ者が自国民を狩るなど……王国始まって以来の恥じゃ。それにしても、よくここまでたどり着いたな。ランスがみすみす通すとは思えないが」

確かに、領境は厳重に固められていて、ネズミ一匹出られないくらいだった。

しかし、それはあくまで地上の話。空はがら空きだった。思いっきりジャンプしたら雲に届くんじゃないかというほど跳べて、容易に抜けられた。

正直、高すぎて死ぬかと思ったぞ。ウィンは色々とやりすぎだな。

「色々と大変でしたが、覚悟を決めて参りました」

「そうか、命をかけてここまで来たということか。しかし、もはや儂《わし》ではランスを止められん。いずれあいつは王位に就き、戦を求めて暴走するだろう。少しでも儂が長生きをしなくては、ヘイゼル王国は戦争に明け暮れる侵略国家に成り下がる」

少しでもランスの動きを抑えられればと思ったが、それも無理だったようだ。

「すまない。力ない王で」

王は弱々しく頭を下げる。ヘイゼルフェード王も現役の頃はアリューゼ様と共にドラゴンを追い返したという逸話を持っている武人。しかし、今や年老いて体を壊し、当時の面影《おもかげ》はない。

歴代の王族の中でも最強と噂され、戦を終結に導いた勇者ランスを従わせる力はもうなかった。

かくなる上は、愛する家族と領民を守るために、決行するしかないか。

ウィンの船を見て閃《ひらめ》いたあの計画を。

「どうか頭をお上げください。しかし、不躾《ぶしつけ》ながら、一つだけお願いをしてもよろしいでしょうか」

「願いとは？」

これから告げる言葉の内容の恐ろしさに、思わず声が震える。

「元はヘイゼル王家より賜《たまわ》りし当家の領地ではありますが、此度《こたび》のランス王子の一方的な進軍は侵略に等しい蛮行《ばんこう》です。領民を守る責任を負う立場の者として、彼の蹂躙《じゅうりん》を許すわけにはいきません。もし王がランス王子を止められないと仰るなら、当家はこの戦いをもって貴国から独立します。ランス王子への勝利の暁には、それを認めていただきたい」

「独立だと⁉　あの不毛の砂漠で……？」

王は鋭い目つきでこちらを睨みつけるが、私はそれを真正面から受け止める。

この様子だと、王は砂漠が緑地になった話をランスから聞かされていないみたいだな。

王はしばらく考え込んだ後、重々しく口を開いた。

「……いいだろう。砂漠などくれてやる。もし本当にランスの侵攻を防げたなら、独立を認めよう。ただし、そちらもランスは殺さないと約束してくれ。あれでも我が子なのでな」

「……では、こちらの紙に血判を」

口約束では安心できない。反故《ほご》にされるのを防ぐために、用意していた羊皮紙に条件を書き記す。

内容を確認した王は、ナイフで指先を切り付けて血判を押した。

続いて私も同じ羊皮紙に血判を押す。

「……昔アリューゼに聞かされたことがあった。優秀な奴がいるとな」

羊皮紙をしまっていると、王が昔話を始めた。尊敬するアリューゼ様とのことだ。

「冒険者をしていた平民が貴族になり、家族を築いた。その男は、民や家族のために己《おのれ》を犠牲《ぎせい》にできる、大した奴だ。いずれ国の宝になる。比べて俺達貴族はどうだ？　私利のために平民をないがしろにし、搾取《さくしゅ》するばかり。せっかく平和がもたらされても、民の苦境は変わらないではないか――アリューゼは毎日のようにそう言っていた。今思えば、その頃の儂はもうすっかりしおれておった。奴の言葉にもっと耳を傾ければよかった」

優しき王が紡ぐ後悔の言葉を聞き、なぜか私の目から涙がこぼれていた。

「アリューゼが見込んだ男は、お前じゃったのだな、ギュスタ」

「そうかもしれません。……ですが、私は留まることはできません。守るべき家族がいますので」

「そうだろう。こんな老いぼれの言葉に涙してくれただけで十分だ。力なき儂はここで祈ることしかできん。優しき領主——いや、ギュスタ王よ。今度は肩を並べられる時に会おう」

「はっ！　親愛なるヘイゼルフェード王」

涙を拭い、私はテラスから飛び下りる。

「……アリューゼ。やはりお前は未来を見ていたのだな」

去り際に、王が何か言った気がした。嫌な感じはしなかったから、悪態ではないだろう。

さあ、帰ろう！　家族の待つ私の国へ！

◇

「お帰りなさいあなた」

「リリス……。ただいま」

明け方、出かけていたお父様が帰ってきた。

夜の間ずっと外にいたみたいだ。何をしていたんだろう。

「お父様？」

「ウィン、起こしてしまったな。まだ眠いだろう、寝ていなさい」

「いえ、もう大丈夫です。それよりも……」

お母様と一緒に、気になっていたことを聞く。

僕らの声でモニカも目を覚ましてしまったらしく、眠そうに目を擦っている。

「ああ。ちょっと王都まで行っていたんだよ。それで、これを手に入れてきた」

そう言って、お父様が懐から取り出したのは、一枚の羊皮紙。

そこには僕らの領地を国と認めるという文章が書かれていた。血判は二つ。サインもあって、お父様のものと、もう一つはヘイゼルフェードと書いてある。ヘイゼルフェードって確か……。

「独立を認めてくれたんですか？　国王様が」

ヘイゼルフェード王。僕らの国の王様がお父様の独立を認めた？　それって凄いことじゃ？

「ただし、ランスを殺さないのが条件だ」

なるほど、王子だけは無事に返すことが条件か。

っていうか、お父様は夜の間に王都へ行ってきたわけだよね？

正確な距離はわからないけど、百キロ単位で離れているはずだよ。

「王都へ行けたのはステータスのおかげですよね？　王様がよく会ってくれましたね」

「ああ、侵入したんだよ。王の部屋のテラスに飛んで入ったんだ。脅《おど》したわけじゃないぞ。ちゃんと話して、約束してもらったんだ」

ステータスが凄いから、お城のテラスもひとっ飛びなんだな～。

「じゃあ、僕らはランス達に集中すればいいってことですね」

お父様は懐から丸めた羊皮紙を覗かせながら微笑む。

「ああ、後のことも、これのおかげで安泰《あんたい》だ。ウィンのとても大きな船を使って領民を避難させようと思う。海の上なら手出しできないだろう」

なるほど、お父様はちゃんと領民を守る手立ても考えていたみたい。アウディさんやファイさんに領民を集めさせたのはこのためだったんだな。

「さすがギュスタ様！」

お母様がお父様に飛びついて、軽くキスを交わす。

「ははは。伊達《だて》に君と結婚していないよ」

もう、見つめ合っちゃって、二人だけの世界だな。

「じゃあ、領民の皆さんが到着したら、船の上でぱ～っと歓迎パーティーをしよう。船の乗り方とかを説明しないといけないし、みんなの不安を少しでも紛らわせないと」

「パーティー？　さんせ～！」

パーティーと聞いて、モニカが歓声を上げる。

「本当にお前達は気が利くな～。次期王子とお姫様に相応しいぞ」

お父様が僕らを抱きしめてくれた。

「そうか～。国になるってことは僕らが王子と姫になるんだね」

「え～。私、騎士になりた～い。騎士になってお兄様を守るの～。いいでしょ？」

騎士になりたいか、モニカが大きくなったらヴィクトリアさんみたいな美麗《びれい》な騎士になるだろうな。

「ははは、そこは僕に守らせておくれよ、お姫様」

「うふふ。お兄様大好き」

本当に可愛い妹だな。ステータスを爆上げしている今の彼女は、傷すらつかないだろうけど、兄として危険から守ってあげないとな。

「ギュスタ様、皆様。朝食の準備ができましたよ。昨夜はお疲れのようで起きてこられなかったので、少し重めの食事を用意しました」

モニカの頭を撫でてあげていると、ボドさんが朝食に呼びに来た。昨日はみんな夜ご飯を食べずに寝ちゃったから、ボドさんは暇していたみたいだ。

「すまなかったな、ボド」

テーブルの上では、たっぷりチェダーチーズが載ったハンバーグが湯気を上げている。白米も炊き方を説明したらすぐに作れたので、どんぶりいっぱいに盛られていた。付け合わせのほくほくのジャガイモにはバターがトロリ。朝からかなりの高カロリーだけど、大丈夫かな？

「夜に食べようと思っていたハンバーグですよ。さあ、召し上がれ」

「おいしそ～。いっただっきま～す」

ボドさんの説明が終わると、みんなで食べはじめる。

「モニカ様、お行儀が……」

モニカがお口いっぱいに頬張るから、アウディさんが口の周りを拭ってあげている。

とろけるチェダーがお肉とマッチしていて最高に美味しい。商店街でもらったお肉はやっぱり腐らないみたいで、現実世界に置いたままでもずっと新鮮で輝いている。

【僕だけの農場】で得られたものは全て腐らないのかもしれない。腐ったとか傷《いた》んでいたなんて報告は一度も聞いていないし。改めてチートぶりが窺えるな。

「パンも良いが、この米というのは肉に合うな」

お父様は白米がたいそう気に入った様子で、勢いよくかき込んでいる。

「でしょ？　ご飯は世界一の主食なんだよ」

「ははは、世界一か。それは凄いな……」

ふふふ、ご飯が世界を制す。独立国になった暁には、白米を世界に広めてみせるぞ！

でもまずは領民を満足させてほっこりしよう。ほっこりは大事です。

◇アウグスト◇

ギュスタ達とランス様の会談から一日が経った。
俺はいてもたってもいられずに、ランス様の天幕へと向かった
「ランス様！　今すぐ攻めましょう。宣戦布告など旧時代的です」
「アウグスト。それでもアリューゼの子供か？　一度宣言しておいて、それを破って攻めたら盗賊

以下だぞ。そんなことより、どう攻めるかでも考えていろ。軍を分けてやったのだから、相応の戦果をあげろよ」

なんとか軍を動かすように説得してみたが、ランス様はまるで聞く耳を持たなかった。

しかし、俺は嫌な予感がしている。ギュスタは王に助けの手紙を送ると思っていたんだ。戦をやめさせるよう、王に仲裁を頼む手紙を。

しかし、一向にその気配がない。王都へ向かう者は人っ子一人いないんだ。

そして手紙のことも気がかりだが、絶対的な弱者が相手のはずなのに、なぜか寒気がする。今までこんな感覚になったことはなかったが、この寒気は信用に足るような気がする。

「……嫌な予感がするのです。連中に時間を与えるのは危険です」

俺はランス様に正直に不安を打ち明けた。

「嫌な予感？」

「はい、絶対的弱者であるはずのギュスタ達に、恐怖を感じるのです」

まるでトラの前に放り出された赤子のような気分だ。

しかし、そんな俺をランス様はなぜか笑いはしなかった。

「恐怖……。腐ってもアリューゼの子ということか。ちゃんとした教育がされていれば、こんな腑《ふ》抜《ぬ》けにならなかっただろうにな……。わかった。だが、今はダメだ。明日、援軍が到着次第、すぐに開戦の使者を送る。それでいいな、参謀殿？」

「あ、ありがとうございます」

どういうわけか親父の名が出てきたが、とにかく話は聞いてくれたみたいだ。親父は戦局を先々まで見られる名将だった。俺にもそんな才があるのだろうか。

ランス様の天幕から出て自分の天幕へと戻る。

中ではエグザとグスタが呑気に食事をしていた。こっちの気も知らないで、良いご身分だ。

「おう、どうだった、アウグスト？」

「明日戦うということになった」

「お～、さすが参謀様だ。ランス様はお前の意見に従ったってことか」

「違う！　俺にじゃない……」

はやし立ててくるエグザに、思わず声を荒らげてしまう。

ランス様は俺の意見に耳を貸したんじゃない。俺の中に流れる親父の血を信じただけだ。

「どうしたんだよ、アウグスト。大丈夫か？」

「うるさい。俺に構うな！」

そう怒鳴りつけ、倒れ込むようにベッドに横になると、二人はそれ以上声をかけてこなくなった。

エグザとグスタは再び食事に戻る。

「それにしても、この米ってやつはすげえな。本当に魔法都市の力を借りてるんじゃないのか？」

「ああ、こんな美味《うま》いものが手に入るなんて思わなかったな」

二人はバクバクと白い穀物を食べている。

この米ってやつはギュスタの土地でしかとれない。おそらく新種だろう。

俺達の軍の目的を知ってのことかどうかはわからないが、オロミがなぜか我々に米を差し出してきた。

試しに食べてみたら、肉との相性がべらぼうに良く、俺もたちまち虜《とりこ》になってしまった。多くの兵士も米に心奪われて、匂いだけでお腹が鳴る有様だ。

食料による懐柔《かいじゅう》が狙いだったのかもしれないとすら思える。

「ああ、本当にな。しかし、米は今ある分だけだから、なくなったらもう食べられないと思うと寂しくなるぜ。オロミ達は村を捨てるから、余った食料を俺らにくれただけだろうし──」

「なに⁉　エグザ、それは本当か？」

エグザが発した聞き捨てならない言葉に、俺は飛び上がって奴の胸倉を掴んだ。

「うわ、なんだ⁉　あ、ああ。今朝偵察に行ったら、村に誰もいなかったんだ。足跡は海の方へと続いていた。海に向かったのは間違いない」

こんな重要な情報を、なんで今まで知らせなかったんだ。

「すぐに兵士を出して、荒野の村の様子を確かめに行かせろ」

「ええ、今からか？」

「すぐにだ！」

グスタがめんどくさそうに天幕から出ていき、すぐに馬が走り去って行く音がした。

しかし、これは本当にまずいかもしれん。

「なあ、アウグスト、何をそんなに焦ってんだよ。村の連中は俺達に恐れをなして逃げただけだ。

連中が行った先にあるのは海だ。逃げ場なんてねえ。袋のネズミじゃないか」

「だからおかしいんだろ。自分から退路を断つようなものだぞ」

砦に逃げ込むならともかく、ギュスタの屋敷はただの家だ。多くの領民を守りながら戦うのに適してはいない。

いや、奴らには土地勘がある。逃げ道があるか、あるいは俺達を撃退する策があるか……。

「明日すぐに出立《しゅったつ》できるように、お前達も早く寝ておけ」

そう言い残して、俺はすぐに眠りについた。

戻ってきたグスタがエグザとごちゃごちゃ言っているが、そんなもの耳に入らなかった。

このギュスタの動きは、俺が感じている恐怖と関係があるのかもしれない。

こんなことを考えていたせいか、夢に親父が出てきた。

枕元で「自分の領地を見ろ」などと説教してくるが、あんな領地、俺のものじゃない！

そう言ってやると、親父は背を向けて消えていった。その背中はとても悲しそうで、とても見ていられなかった。

俺の弱い心が見せた親父の幻覚など不要。俺は明日、ギュスタを討つ。

恐怖を打ち払い、俺は俺の道を行くまでだ。

◇

お父様の指示に従って、荒野の村と砂漠の村の人達が漁村にやってきた。

砂漠の村の村長はオロミさん。

荒野の村の村長はラシンさんといって、頼りになる男の人だ。

お父様はみんなに頭を下げてから話しはじめた。

「みんな、来てくれてありがとう。これからみんなには、あの船に乗ってもらう」

そう言って、お父様は漁村から見える位置に浮かぶ空母を指さす。

「船……ですか？　あれが？」

オロミさんをはじめ、みんな空母を見て呆然としている。

あんな大きな船を見るのは初めてだろうしね。それも木じゃなくて金属製。

「あそこにいれば、絶対に戦いの被害を受けることはない」

「ギュスタ様！　私達も戦います！　戦わせてください」

しかし、まだ若いラシンさんは、自分も剣を取ると意気込む。

「安心してくれ。たとえ勇者ランスが相手でも、私は絶対に死なない。傷すら負わないかもしれない」

「しかし、戦争をするのでは？」

ラシンさんはお父様の言葉に首を傾げる。

相手は五百人の軍勢で、それを率いるのは王国一の武芸者であるランスだ。信じられないのも無理はない。お父様は再び自信たっぷりに頷く。

相当ステータスを上げているからね。負けるはずがない。

「ああ、戦争になる。しかし、絶対に負けない。私達が絶対に勝つ。みんなには話しておくが、息子のウィンは凄い力を持っているんだ。ウィンのおかげで、私はランスを上回る強さを手に入れた。最近みんなが栽培している不思議議な作物も、全てウィンがもたらしてくれたものなんだ」

お父様には、事前に僕の力のことをみんなに伝えるって教えてもらっていた。みんなに納得してもらうためにも、僕はそれを了承した。

お父様の領地の人達はみんな良い人だから、口外しないでいてくれるはずだ。

「これから、私の領地はヘイゼル王国から独立する。いずれ移住してくる人が増えるだろうが、今話したことはここにいる者だけの胸にしまって、決して口外はしないようにしてくれ」

「我々の領主様は自信たっぷりじゃな。しかし、一夜にして砂漠が緑地になるのを目にしたんだから、今なら何でも信じられる」

オロミさんが言うと、みんなが「そりゃそうだ」と大笑いする。

「なので、慰労と前祝いを兼ねてあの船の上でパーティーを開く。すぐに上がってくれ。ウィン」

「はい！」

お父様の合図で、空母を浜辺の近くまで呼び寄せる。

農場の世界と違って、浜辺には乗り上げないみたいだ。あちらだと後退できたけど、こちらではできないのかもしれないな。

タラップを出して、みんなを船に上がらせる。

「こんな大きな船に乗れるとは……長生きをするもんじゃな」

オロミさんが感慨深い様子で呟いた。何百年か後の時代の兵器だからな～。

空母の甲板の中央にはテーブルや椅子が並べられていて、バイキング形式で料理やお皿が用意されている。

「皆さん、好きなものをとってお食べください」

「いくらでもあります。焦らずに」

ランディさんとアウディさんが、お辞儀をしてみんなを迎える。

みんな嬉しそうにお皿に料理を入れて、その味に感嘆の声を上げた。

ボドさんの腕と僕の農場の食材が合わさったら最強だ。みんな満足してくれるだろう。

これだけ大きな船なので、船員の食べ物を作るためのキッチンも設備が充実している。調べたら、ガスコンロもあって普通に使えた。おかげで、大量の料理を難なく準備できた。

これはかなり有用だな～。

僕ら家族も領民のみんなと一緒に料理を取り分け、飲み物を注ぎ合い、パーティーを楽しむ。

モニカと並んでチーズトマトソースのかかった串焼きを食べているとふと、閃いた。

「せっかくだから、みんなも呼ぼうかな」

「お兄様の世界のみんなを呼ぶの？」

こんなに楽しいのに、農場のみんながいないなんて、寂しい。

「【全員召喚】」

事前に聞いていた召喚の掛け声を発すると、ブレスレットから光のカーテンが広がる。

直後、目の前でシュタイナー君が跪いていた。

「神よ。召喚に応じて馳《は》せ参《さん》じました」

「ちょ、シュタイナー君、いきなりそれはみんな引くから……」

「ふふ、冗談ですよ。パーティーですか？」

「うん。すっごく楽しかったから、みんなも呼んだんだ」

シュタイナー君が周りを見回す。

みんな料理や会話に夢中で、シュタイナー君達には気づいていないみたいだ。

全員召喚したので当然カエデやヴィクトリアさんの姿はあったが、兵士や城下町の人など、名前がない――いわゆるモブキャラ扱いの人達は来ていなかった。

「ここがウィンの世界なんだね。呼んでくれて嬉しい」

カエデはそう言うと、屈《かが》んで僕の腕を取った。

早く成長して、カエデに釣り合う身長にならなくては。

それにはご飯も大事！　どんどん新しい食べ物を作り出すぞ～。そして、僕は全部食べる！　考えるだけでよだれがじゅるり。

「ウィン様。本当に私達もいいの？」

「兵士達に申し訳ないけど、せっかくだから楽しませてもらいます」

エレクトラさんとヴィクトリアさんはちょっと申し訳なさそうだ。

主要キャラしか召喚できないのは悲しいけど、致し方なし。

今度、農場に行ったら、他のみんなにも欲しいものを聞いてみてもいいかもしれないな。

ゲームの時はしょっちゅうアイテムをあげた。信頼度を上げれば色々と有益な情報を得られると思ったからだけどね。

「ウィンの世界は綺麗だね」

「うん。でもカエデ達の世界の方が綺麗だよ」

「ふふ、そうかもね」

「いつか、この世界も、人々も、カエデ達の世界のように豊かにしたいな」

「ウィン達ならできるよ。私はずっとあなたを守り続けるから」

「ありがとう、カエデ」

僕達はしばらくの間、黙って夕日が沈んでいく様を眺めていた。

やがて空が暗くなると、大きな火の玉が天へと撃ち出された。

「やっぱり、パーティーと言ったらこれよね？」

どうやらエレクトラさんが魔法で花火のように爆発する火球を空に撃ち出してくれたみたいだ。

そういえば、ゲームの夏祭りイベントでこんなことがあったな〜。

思わぬ催しに、領民のみんなも興奮して大いに盛り上がっている。

みんなと一緒に美しい花火を見上げて楽しんだ。でも、花火に照らされるカエデの横顔が一番綺麗だったかもしれない。

◇

パーティーの翌日。開戦までまだ一日以上余裕があると思って、僕ら家族は屋敷に帰ってくつろいでいた。そこへ、突然ランスの使者がやって来た。

渡された手紙に書かれた内容を見て、お父様は声を上げる。

「今日開戦だと⁉」

「確かに伝えました。では」

そう言い残して、使者はすぐに馬で走り去っていった。

お父様はわなわなと震え、怒りを露《あら》わにする。

「みんなと釣りをする約束をしていたというのに！　これでは遊べないじゃないか！」

「お父様……」

夏休みの宿題に文句を言う子供みたいな言い草で、僕は笑ってしまう。

お母様も呆れた様子で窘《たしな》める。

「ちょっと、ギュスタ様。もうちょっと真剣に考えてあげたらどうなんですか？　あちらも本気なのですから」

「ん？　まあいいだろう。では作戦を伝える。みんなは船に移動、以上だ」

「ギュスタ様⁉」

お父様はふてくされてしまったようで、じつに投げやりだ。まあ、負けないだろうけどさ。

「僕らとカエデ達で片付けるよ。お母様とモニカは領民のみんなと船にいて」

「む！　お兄様！　モニカも戦います！　置いていったら怒ります！」

モニカは【僕だけの農場】から持ち出してきた籠手をつけてニギニギしている。

この様子だと、置いていったらひどい目にあいそうなので、やむなく了承した。

本当のことを言うとカエデも出したくないよ。ゲームと違って、この世界の僕は回復魔法を使えないからね。どうしても万が一を考えてしまう。

「私もですよ、ギュスタ様！」

「ははは、本当は待っていてほしいんだけど、仕方ないな、リリスは」

飛びついてきたお母様を抱き上げると、お父様はクルクル回りはじめた。仲の良い夫婦だな～。

「お兄様！　私も回して～」

モニカが催促してきたので、僕もそれに応えてあげる。戦争前なのに楽しい時間が過ぎる。

「じゃあ、みんなを召喚するね」

モニカがクルクルに満足したところで、屋敷の外に出てカエデ達を召喚した。

全員、やる気に満ちている。むしろやりすぎないか心配だ。

「ゴッドに迷惑をかける者を懲《こ》らしめます！」

「私はぜひ、勇者と対話をしたいですね」

ヴィクトリアさんとシュタイナー君が黒い笑みを浮かべている。怖いよ、二人とも。

「私はウィンといられればどこでもいいわ」

カエデは僕の横に来て微笑んだ。

その様子を見たエレクトラさんが、苦笑しながらモニカを抱き上げる。

「も～、カエデは……。じゃあ、私は妹様を援護しようかしら」

「では行こう。守るべき者は全て海上にいるから、存分に暴れてくれ」

お父様の合図で、僕らは移動を開始した。

領民はみんな空母へ移動したし、作物も大体は回収してある。

事前に米をランス達に与えたけど、それは米の良さを伝えるためだ。戦争が終わったら素晴らしさを広めてもらわないといけないからね。

家族もカエデ達も、みんな走って戦場へと向かう。

僕らが戦場に選んだのは、元砂漠だった草原。砂丘の名残《なごり》で、高低差がある。

ここならば、建物に気を遣わずに圧倒的な戦力を見せつけられるだろう。

「見えた」

少し高い丘の上から、歩兵と騎兵それぞれ五百。

事前に聞いていた数の倍の兵士が、戦列を組んで向かってきていた。

「みんなはここで待機。まずは名乗りだ。ウィン、行くぞ」

「わかりました」

僕とお父様は千の敵の前へと進み出る。

敵兵もこちらに気づいたようで、数人の騎馬が僕らの前へと現れた。

ランスとアウグスト、その取り巻き達だ。

「戦を早めたというのに、もうこんな場所まで。もう少し進めると思ったがな。アウグストの予感は当たっていたということか」

ランスが笑みを浮かべる。

「ランス様……いや、ランス！　戦いになる前に、これを見せておこう」

お父さんが懐から羊皮紙を取り出して見せると、ランスの顔が驚愕に歪《ゆが》んだ。

「これは……父上の⁉　どうやって……」

アウグストも信じられないらしく、冷や汗をかいて僕らへと視線を戻す。

「そんな馬鹿《ばか》な。確かにネズミ一匹通らなかったはず……」

「なるほど、強者の臭いが強くなっている。単純に、こちらに気づかれないように突破してみせたということか……」

「まさか、そんなことが」

お父様は一人で行っちゃったんだよな～。

ふぅとため息をついていると、シュタイナー君がこちらにやってきて、ランスに歩み寄った。

「あなたがランス、勇者様かな？」

「ん？　なんだ、子供か？」

「握手、いいですか？」

突然手を差し出したシュタイナー君をランスが警戒の目で見る。

「握手だと？」

「怖いのですか？」

「怖い？　私が？　馬鹿を言うな、怖いわけがない。握手くらいしてやる。光栄に思え」

シュタイナー君が挑発に挑発を重ねると、ランスは手を伸ばして握手に応じた。

その瞬間、空気が張り詰めて、ギリギリと変な音が鳴り響いた。

「つぁ！」

「おや？　勇者ともあろう者が、この程度で顔を歪めるのですか？　やり返さないのですか？　それならば、このまま骨を粉砕して差し上げましょう」

シュタイナー君が黒い笑みを浮かべながらランスの手を握り続ける。ランスは膝をついて苦悶《くもん》の顔を晒《さら》していた。ゴリゴリと骨が砕けるような鈍《にぶ》い音が鳴る。

「貴様！」

見かねたアウグストが剣を抜き、シュタイナー君に振り下ろす。

「おっと、何をするんですか。ただの挨拶だというのに。退屈しているそうなので、面白くして差し上げたまでです」

シュタイナー君は刃を余裕で躱《かわ》すと、エレクトラさんに合図を送る。

直後、エレクトラさんが発した光がランスに降り注ぎ、砕かれた彼の手は見る間に治っていった。

「回復魔法、だと!?」

「ふふふ、腕が壊れていなければ勝てた――なんて言い訳されたら、たまったものではないですからね。全力で戦いましょう。勇者様」

「ぐぬぬ！　行くぞ、アウグスト！」

ランスは悔しさも露わに馬に跨り、自分の軍へと帰っていった。いい気味だよ、まったく。

でも、シュタイナー君を怒らせちゃダメだね。あの黒い笑みを浮かべながらあんなことされたら、足がガクガクになっちゃうよ。

あと、後ろに控えていたヴィクトリアさんも怖かったな～。視線だけでアウグストの取り巻き達が怯えていたよ。

両軍がそれぞれ配置につくと、馬上のランスが遠くから吠えてきた。

「これはなんの冗談だ！　お前達の戦力は、たったそれだけだというのか⁉」

僕らは横に十メートルずつの間隔を空けて、それぞれ立っているだけ。

ランスは僕らが丘の後ろ側に兵を隠していると思っていたみたいだが、そうじゃない。

領民のみんなも戦いたいと言っていたけど、ランスは勇者のスキルを有している。いくら僕達が強くても、そんな相手が力をふるえば、それなりに死傷者が出てしまう。お父様はそれを良しとしないから、こんな少人数での戦いになっちゃったんだよね。

もっとも、お父様としてはモニカとお母様も戦場に出したくなかったらしいけどね。本当に優しいお父様だ。そんなお父様だから、当然敵にも情けはあって、決して殺さないようにって、徹底した。

王都で侮辱《ぶじょく》してきたアウグストにさえ優しくできるなんて、本当に尊敬する。

「ランス！　何をそんなに怯えているんだ！　来なさい！」

「おのれ、ギュスタ！　勇者であるこの私をここまで虚仮《こけ》にするとは！　お前達に独立などさせん！　奴隷にして毎日こき使ってやる！」

「奴隷にそんな扱いをしてはいけないはずだよ、ランス！　そんなことも知らないのか⁉」

「うるさい！　全軍突撃！　私に続け！」

お父様と大声で言葉を交した後、ランスは全軍突撃の合図を送った。

騎馬が先行して、お父様とシュタイナー君へと向かう。歩兵は二手に分かれて僕とカエデが立つここと、ヴィクトリアさん、エレクトラさん、モニカとお母様達四人の場所へと突進してくる。

「蛮勇ですね。【騎士隊召喚】」

シュタイナー君が手をかざすと、目の前に半透明のエリアルドの騎士達が現れて、ランス達と衝突した。騎士達はまるで幽霊みたいだったが、圧倒的な力の違いを見せつけて、ランスと軍を切り離していく。

シュタイナー君は自分の軍隊を召喚できる特殊能力を持っているみたいだ。そりゃ、ゲームの世界で仲間にできないわけだよ。こんな能力があったら、チートでクリアできてしまう。

「なんだ！　妖術か！　こんなもの！」

「あなたの相手は私ですよ、勇者様！」

シュタイナー君がランスへと肉薄し、半透明の剣を手に黒い笑みを見せた。

「怖くはないのですか？　死ぬかもしれないのですよ」

ランスは冷や汗をかきながらも、笑みで応える。

「ふふふ、平和に埋もれる恐怖よりはマシだ。お前のような強者に会えたのだからな！」

ガン！　鉄と鉄のぶつかり合う音を皮切りに、ギリギリと火花が散るほどの鍔迫《つばぜ》り合《あ》いが始まった。ランスの首筋のアザが光り輝き出している。勇者の力を使っているようだ。

「お前を倒す！」

「ふふ、いいでしょう。私があなたに引導を渡してあげます」

シュタイナー君の少年の体はランスよりずっと小さいが、一ミリたりとも押し負けていない。

鍔迫り合いが終わる刹那《せつな》、ランスが高速で繰り出した蹴りをシュタイナー君が躱し、逆に剣の背を足に叩きつける。まともに反撃を受けたランスは歯を食いしばって後ずさると、自分の足を確認して冷や汗を拭った。

「まだ足があってよかったですね。では続けましょう。次はもう片方の足ですよ」

「ぐ！　ふざけやがって！　クソガキが！」

ランスはシュタイナー君の言葉に激昂《げっこう》する。それに呼応するように首筋のアザが光を増して、彼の体を包んでいった。

ランスの全身が金色に輝く鎧の姿になった。両の手にそれぞれ騎士槍と思われる長い槍を持っている。

「衣装替えですか？」

シュタイナー君はそれでもなお挑発するが、ランスは無言で口角を釣り上げ——突然消えた。

次の瞬間、長い槍の一本がシュタイナー君の胴体を貫いた。

「ははは、やってやったぞ！」

「これはこれは……油断していたとはいえ、そのスピードは見事です」

「黙れ！　お前はもう死ぬんだ」

口から血を吐くシュタイナー君。すぐに助けに向かおうと思ったものの、カエデに止められた。

僕は彼女と協力して、迫っていた歩兵達の撃退に専念する。

ダメージのあまり感覚が失われているのか、シュタイナー君はそのまま喋り続ける。

「見事と言っているのですから、素直に受け取りなさい」

「黙れ黙れ黙れ！　なぜまだ話せる！」

ランスはシュタイナー君の言葉に激昂し、槍をさらに深く突き入れる。

「あなたのことはあまり好きではないので、そろそろ離れてくれますか！」

その言葉と共にシュタイナー君が蹴りを繰り出した。

「グハッ！」

槍を深く食い込ませたことで近づきすぎたランスが、シュタイナー君の蹴りをもろに食らって土煙を立てて吹き飛んでいった。ランスの兵達が巻き添えになるほどの衝撃。何だか凄い戦いだ。

「まったく、男色趣味はないですよ、私は。さて、【僧侶隊召喚】」

シュタイナー君は腹から槍を引き抜いて、またも半透明な者を召喚。呼び出された僧侶隊はすぐにシュタイナー君へと回復魔法を使った。その輝く回復の光は、天まで届くかのようだ。

「ぐはっ。なんて奴だ。【神装《しんそう》】を纏《まと》った私にこんなダメージを負わせやがった。すぐに戻ってころ……。な！　あの光はなんだ」

ランスは光を見て驚愕した。

戦場を照らす荘厳《そうごん》な光で、一帯が静寂《せいじゃく》に染まっていく。

シュタイナー君は気にせずランスへと歩み寄った。

「槍をお返ししますよ、再開しましょう」

「傷が!?　お前は……。お前達は一体……」

「そんなことはどうでもいいでしょう。それよりも、あなたは勇者に相応しくない。それだけです」

ドゴ！

言葉と共に振られたシュタイナー君の拳を見事に顎に食らったランスは、天高く舞い上がった。

シュタイナー君は高く飛んでなおも殴り続けている。まるで飛んでいるみたいだ。

「ウィン。そろそろこっちに集中してあげよ。なんだか可哀想だから」

「ああ、そうだったね。ごめんね、兵隊さん達」

シュタイナー君を見ながら歩兵隊をあしらっていたら、カエデに注意された。

はい、そろそろ自分の戦闘に集中します。でも、ランスの兵士達はみんな手応えがないんだよね。

モニカと一緒にドラゴンと戦った経験があるから、それと比べると緊張感が足りないよ。

◇ヴィクトリア◇

「なんですか、この人達は。全然手応えがない。囲まれても全然脅威《きょうい》ではありませんね」

私は騎士ヴィクトリア。折角、戦場で活躍してゴッドに良いところを見せられると思ったのに、シュタイナー様が相手をしているランスとかいう勇者くらいしか強いのがいない。

剣を振り回すだけの素人集団――こんな雑兵《ぞうひょう》をいくら相手にしても仕方ない。

同士討ちしているし、何してんだか……。

「これは教育が必要ですね」

私は兜を脱いで、近くにいた兵士を掴んだ。絶叫《ぜっきょう》する敵兵をそのまま振り回し、投げ捨てる。

「さあ、次は誰？」

すぐに襲ってくると思ったら、仲間が投げられたことで恐怖を感じてしまったようだ。

あの程度で怖気《おじけ》づいてしまうとは……練度が足りないな。

「私も投げる～」

「じゃあ、私もやろうかしら」

私の行動を見ていたモニカ様とリリス様が、同じように歩兵を掴んで投げ飛ばしはじめた。

歩兵達はもちろん抵抗して剣を振っているものの、二人には全部躱されているわ。

まったく、これじゃあ護衛をする意味がない。モニカ様はドラゴンとの戦闘で天才だと確信したけど、リリス様も才能がありそう。さすがはゴッドの母上ね。

「バケモノだ！　逃げろ〜！」

二人の活躍で、敵兵は蜘蛛《くも》の子《こ》を散らすように逃げていったわ。

「ええ〜！　もう終わり？　つまんないの。あっ！　忘れ物だよ〜。えいっ」

モニカ様が敵兵士が捨てていった兜や盾を投げると、遠くから苦悶の声が上がる。

は〜、もうちょっと歯応えがあってもいいと思うのだけど。ランスとかいうのと遊んでいるシュタイナー様が羨ましい。

でも、あの勇者がシュタイナー様を傷つけることができるなら、ゴッドにも傷をつけられるってことでもある。ゴッドにはもっともっとご自分を強化してもらわないといけないかもしれない。

あの勇者の【神装】という鎧はステータスを百倍くらいにしているようだ。脅威ではあるけど、元々のステータスが低いから大丈夫そうね。一応、注意しておくか。

「伊達に勇者ではないってことかしらね……」

「そのようね。シュタイナー様が優しすぎるせいかもしれないけど」

私の独り言に反応してエレクトラが変なことを言うので、耳がおかしくなったかと思った。

「優しい？　あれが？」

「そうよ。一瞬で終わらせられるのに、力を引き出すまで挑発していたでしょ。まあ多分、相手の全力を叩きのめしてこそって、考えたんだと思うけどね」

「なるほど、そういう見方もできるのね」

私が相手じゃなくてよかったわね、勇者様。私が相手だったら、問答無用で叩きのめして、一瞬で終わらせているわ。敵である以上、情けは無用よ。

「ギュスタ様も大概だけど」

苦笑するエレクトラの視線を追う。ギュスタ様は今、今回の騒動の元凶と思われる青年と戦っていた。

青年は身《み》の丈《たけ》に合わない大剣を振り回し、ギュスタ様にあしらわれている。みじめなものね。

◇ギュスタ◇

「ギュスタ！」

気合いの声とともに、アウグストが私へと剣を振るう。

殺意のある剣が明後日の方向へと振り下ろされる。アリューゼ様ならば、たとえ一撃を外しても即座に連続して切りつけてきただろう。しかし、アウグストは体が大剣に振り回されているから、それができないでいる。完全な訓練不足だ。動きも遅すぎてアリューゼ様の足元にも及ばない。

戦場を見回すと、シュタイナー君がランスを執拗に挑発しているのが見える。刃を交えることでしか伝わらない言葉もある。おそらく彼は、勇者でありながら戦争を好むランスを正しい道へといざなおうとしているのだろう。私もシュタイナー君に倣《なら》って、相手を挑発する。

「アリューゼ様が泣いているぞ、アウグスト」

「親父は関係ない！　俺はすでに親父を超えている！」

「超えているだと？　自分の領地もまともに見られない男が、何を言っているんだ」

「うるさい！」

闇雲《やみくも》に剣を振ってブンブンと風を起こすアウグスト。

もはや大剣をまともに振れないくらい疲れてしまっている。

当然、大剣は普通の剣よりも重い。アウグストはアリューゼ様と違って筋肉が足りないので、扱い切れていない。身の丈に合った剣を選ぶべきだな。

「ハァハァ……」

とうとう、疲労でアウグストの足が止まった。

「敵の前で首を垂れる……まったく不出来だ」

「う、うるさ――ア……ウ」

私が剣を首筋に這わせると、アウグストは身を強張らせた。顔はすっかり青ざめて、口には出せない懇願の表情を浮かべる。

「命だけは……か？」

「俺はそんな言葉！」

「言わないと死ぬ。それでもか？」

「それは……」

アウグストは強がって口をつぐむが、表情が本心をはっきり訴えている。そこへ――

「「アウグスト！」」

アウグストの仲間が駆けつけてきた。なぜかレイピアを両手に持っている男と、槍の男。二人は必死の形相《ぎょうそう》でアウグストを助けようと駆け寄る。

「エグザ、グスタ！　お前達、助けてくれるのか！」

「何言ってんだ、馬鹿」

「仲間だろ」

……そうか、お前のような奴にも、友と言える者がいるのだな。

「わ～！」

レイピアの男――エグザが、両手で突きを放ってくる。子供の遊びのような、練度のれの字もない攻撃だ。私はこれを難なく躱して、レイピアを二本まとめて切り伏せる。

「今だ、グスタ！」

「おう！」

エグザの合図で、グスタが槍を投げてきた。しかしその槍は私ではなくエグザの背中をとらえそうになっていたので、払い落としてやった。

訓練を怠《おこた》っているくせに連携しようとするからこうなる。優しさや友情だけでは決してできないことだというのに。

その間に私から離れたエグザが、アウグストを抱き上げようとしているが、大剣を持っているアウグストの重さに手こずって持ち上がらない。

黙って様子を見ていると、今度はグスタが私に向かってきた。体当たりのつもりなんだろうが、腰が引けていて、抱きつかれたと言ってもいいくらいの衝撃だ。

これならば、飛びついたモニカの方が強力だぞ。今のモニカは砲弾みたいなものだが。

「アウグスト、エグザ……お前達だけでも逃げろ！　俺に構うな」

「馬鹿野郎！　命があれば何度だってやり直せる。次は……次こそ必ず」

決死のグスタの叫《さけ》びに、アウグストが熱く言い返す。だが、素敵な友情劇を見ている暇はない。

グスタを抱え上げたままアウグストに近づき、声をかける。

「次こそって……お前達、また何かするつもりか？」

「ひっ！　許してくれ！」

「こんなこと、これから絶対にしないから！」

必死に謝罪するグスタとエグザの姿を見て、さすがのアウグストも目に涙を溜めている。

「二人に感謝するんだな、アウグスト。それにしても、三人とも全くなっていない。もっと訓練をしなさい。エグザ！」

私の声に反応して、エグザが背筋《せすじ》を伸ばす。

「は、はい！」

「お前は何でレイピアを両手に持っている⁉　突きは一撃必殺の攻撃。レイピアは一本で十分だ！　それからグスタ、お前は投擲《とうてき》の達人でもないくせに、味方と乱戦中の相手に武器を投げるな！」

私は一人ひとりに説教した。怒られたことなんてなさそうな三人は、涙目になりながら、この場で殺されないことを喜んでいる。

まったく、少しは悔しがれ。

◇

「戦場が静かになった。これで終わりかな？」

「そうみたい」

僕の確認に、隣のカエデが頷いた。

というか、最初から結果は見えていたんだよな。ランスさえどうにかしてしまえば、それで終わりだ。

そのランスも、シュタイナー君が構ってくれているから、全然脅威じゃなくなった。

それにしても、あんな太い槍で貫かれても生きていられるなんて……。

「ダメージを受けてもＨＰさえあれば生きていられる。そういうことでいいのかな？」

「うん。痛いのは痛いけど、ＨＰさえあれば死なないんだ。それに、私達は死んでも農場のポイントで生き返らせることはできる。ウィンのスキルだから」

「なるほど……。だけど……あんな怪我は、あまりしてほしくないな……」

「ウィンは優しい。シュタイナー様に伝えておくね」

「うん」

あんな衝撃映像をまた見たいとは思えない。いくら死なないからって、槍に体を貫かれている姿なんて見ていられないよ。あれがカエデだったらと思うと、怒りで我を忘れそうだ。

優しく抱きしめてくれるカエデの手に、そっと手を重ねた。

カエデの温かさを感じて心地よい気分に浸っていると、空からランスが降ってきた。

「ぐはっ！」

地面に叩きつけられて苦悶の声を漏らすランス。

続いてシュタイナー君がひらりと舞い降りる。

「もう終わりかい？　まったく、最初の威勢はどこにいったんだか……」

ランスは血反吐《ちへど》を吐きながらも言い返す。

「う、うるさい……お前がバケモンなだけだ」

【神装】と言われているランスの鎧はもう元の鎧に戻り、槍もなくなっている。完全にスタミナ切れだろうな。息も荒い。

「正直、ここまでやるとは思わなかったよ、ランス。堕落《だらく》した勇者のくせにね。でもね。勇者は守るものがあって初めて力を発揮するんだ。それを覚えておきなさい。守るもののない勇者は、ただの戦士です」

「うるさいと言っている。聞こえないのか！」

指一本動かせない状態のランスは気力だけで悪態をつく。

シュタイナー君はそんなのお構いなしにクドクドと説教を続けた。あれはたまらないな。

「ですからね。守るものを作らないといけないんです。わかりますか？」

「こ、殺せ」

「威勢だけはいいですね。では生かしましょう。僧侶達」

半透明の僧侶達がランスへと回復魔法を施し、見る間に傷が癒えていく。

「殺すわけがないでしょう。羊皮紙を見たくせに、頭が悪いんですか？」

「殺さなかったことを後悔させてやるぞ」

ランスは歯軋《はぎし》りしながらシュタイナー君を睨みつける。

「それは面白い。いつでも結構です。ウィン様に頼んで私を呼びなさい。ちゃんと頭を下げるのですよ」

「うるさい」

「さっきからうるさい、うるさいと……私の名前はうるさいではありません。シュタイナーです。ちゃんと覚えるように。馬鹿なランスさん」

「ぐぬぬぬ。絶対に倒す！」

ランスはシュタイナー君の挑発にかかって、顔を真っ赤にして悔しがっている。

「ささ、早く撤退しなさい。皆さんが待っていますよ」

「言われなくても帰る。って……皆さん？」

遠方でアウグスト達がランスの様子を窺っていた。

シュタイナー君に言われて初めて自分の部下に目を向けたランスが、ボロボロになった彼らを見て、目尻に涙を浮かべる。

「あれがあなたの守るものです。強くなりなさい」

ポンポンとランスの腰を叩くシュタイナー君。小さくても大人な仕草、圧倒的な包容力でランスを包んでいく。

「泣きたい時には泣きなさい。それがあなたの強さになります」

「うるさい！　お前に何が」

「ええ、わかりますとも。私も守るもののある立場……王ですからね」

「王だと……？」

「さあ、行きなさい。あなたの守るべきもののもとへ」

シュタイナー君の王という言葉にランスが顔をしかめる。何か言いたそうだったが、結局彼は無言で帰っていった。

「ランスは何を言おうとしたのかな？」

シュタイナー君の横に並んで質問すると、彼が答えてくれた。

「ふふ、私には手に取るようにわかりますよ。私もあのように若い頃がありましたからね」

そもそもシュタイナー君の若い頃って……。見た目は同い年くらいだと思うんだけど、何歳なの？

「さあ、国の立ち上げをいたしましょう！　ギュスタ王の誕生です！」

僕らはみんなの待つ空母へと帰る。

そのスピードは風のようで、すぐに浜辺へとたどり着いた。

両軍死者ゼロのおかしな戦争は、無事に終結しましたよっと。

◇ギュスタ◇

奇妙な戦争を終えて、私はすぐにヘイゼル王国王都へとやってきた。

再び王の寝室のテラスに降り立つと、待っていたかのように王が声をかけてくる。

「来たか、ギュスタ」

その弾んだような声に対して、連れてきたもう一人の王——シュタイナー君が不満を漏らす。

「来たか、ではないですよ。ヘイゼルフェード王」

「少年？　ギュスタ。この少年はお前の息子か？」

ヘイゼルフェード王が首を傾げる。

今頃、ウィンはみんなと一緒に戦勝パーティーをしている最中で、口いっぱいにボドの料理を頬張っているだろう。

「私はシュタイナーです。以後よろしく」

私の代わりに、シュタイナー君が答えた。口調こそ穏やかだが、彼が放つ威圧感の凄まじさに押され、ヘイゼルフェード王はたじろいでベッドへと腰かける。

「ランスとかいう勇者について、お話があります」

シュタイナー君はなおも威圧的に話す。

「王子のことで？」

「はい。どういう育て方をしたらあんな考えを持つようになるのか、聞きたいんですよね……」

「……母がいなかったものでな。人を思う心が育たなかったのじゃよ」

「良い言い訳ですね。それは自分が無能と言っているのと同義ですよ」

「なに⁉　儂が無能と申すか！　ギュスタ、この子供は何者なのじゃ」

さすがに怒り出すヘイゼルフェード王。

「私はウィン様を守る者、シュタイナー。これでも一国を任されている王です」

「まことか？」

信じられないらしい王が、私に聞いてきたので、頷いて応える。

シュタイナー君は呆れながらも説明を始めた。

「同じ王として忠告します。あのままでは、いずれあなたはランスに殺されていたでしょう」

「ランスが儂を⁉　そ、そのような戯言《ざれごと》……！」

王は声を荒らげて否定したものの、何か思い当たる節でもあるのか、歯噛《はが》みしながらシュタイナー君から目を逸らした。

「戯言ではありません。ですが……よかったですね、ギュスタ様とウィン様のおかげで、それは回避されました。まあ、正確には私が彼を怒らせたのが直接の理由ですが」

「怒らせた？」

「私はランスを挑発して、彼のライバルになったのです。それによって、彼は私を倒すことに生涯を費《つい》やすでしょう。平和なこの国にいても、あなたを殺すことで退屈という牢獄から出ようとは思わなくなるはずです」

やはり……。彼がランスを必要以上に挑発をしたのにはそういう理由があったんだ。

「退屈という牢獄……。そうか……儂は息子を閉じ込めてしまっていたのか……」

王はうなだれて頭を抱える。王冠を外し、机に置くと、私に視線を向けた。

「さっき話に出たウィンというのは、ギュスタの息子か？」

「はい。私にはもったいない息子です」

「そうか、儂もそうだった……。勇者の証である首筋のアザ——あれを見た時、平和を作れると喜んだ。事実、あやつの力でこの国は平和を手に入れた。しかし、いざ平和になったら、その力を持てあますようになった。誰からも必要とされず、その強すぎる力ゆえに恐れられ、距離を置かれ。ランスは世継ぎを作ろうともせずにただただ生きているだけ。母のいない我が子は愛を知らず、戦に恋い焦がれてしまったんじゃろうよ」

王でも勇者を有するのは大変だったのか。ならば、それ以上に優秀な息子を持ってしまった私には、さらに大きな責任が伴《ともな》うということか。私にできるのだろうか？

シュタイナー君は何か察したように私の腰を叩いて話した。

「心配しないでください、二人とも。あなた方にはそれぞれの国があります。ギュスタ様の領地は国になるのです。助け合えばいいのですよ」

シュタイナー君の言葉が心強い。彼は見た目よりも大きな男だな。

「ウィン様は心配しなくても道を踏み外すことはありません。ランスも私の術中にはまっているので、大丈夫でしょう。あとは、アウグストとかいう若き領主ですね」

「それなら大丈夫だと思うぞ。君に倣ってさんざん挑発して、説教をしておいたからな」

「さすがはウィン様のお父上。ですが、本当に大丈夫ですか？　きっとつきまとわれますよ？　彼は父を亡くしているそうじゃないですか。叱る者がいなくなったということです。その役割をギュスタ様に求めてもおかしくありません」

つまり、私はアリューゼ様の代わりになるということか……。

「同じように、ランスは私に王を求めます。最後に私も王であると言ってやったんですよ。彼は口を閉ざしましたが、もう少し素直なら、教えを乞う言葉が紡がれていたでしょうね」

シュタイナーはそれも計算して言っていたのか。

しかし、そんな計算通りに行くものなのか？

「儂では王の見本にはならない。そう言いたいのだな」

「そうですね。少なくとも、ランスはそう思っているようです」

「そうか……。面白い！」

王は机の上の王冠を被り直して立ち上がると、シュタイナーを指さした。

「それほどまでお前に惚れたということか。それならば仕方がない。ランスをそちらに預けよう」

「想定外の展開ですね……」

ここへ来て初めて困惑しているシュタイナーを見て、王は笑みを浮かべる。

「じゃろうな。儂も長く国を動かしている。お前の困惑は手に取るようにわかるぞ。まさか、他に世継ぎもいないのに、実の息子を手放す王がいると思わなかったのであろう。そう思うのは必然。しかし、ランスは今、さらに強い王になろうとしておる。それを縛るのはまさに牢獄。儂は好まん。じゃが、いずれランスは必ず儂のもとへと帰ってくる。そういう運命じゃよ」

王はきっぱりと断言した。

なるほど、強くなったランスが戻ってきてくれればそれでいいということか。

しかし、私の領地の住み心地がよかったら、ランスがそのまま住み着いてしまわないか心配だ。食べ物は無限に近いほど育ち、ボドのおかげで色々な料理が生まれた。

独立を宣言したら、人も流れてくるだろう。豊かになっていく条件が整っている。

「ふふふ、そのような力業《ちからわざ》をしてくるとは……。そこまで自信があるなら、いいでしょう。ランスを骨抜きにして、ギュスタ様の国に釘付けにいたしましょう」

腕を組みながら不敵に笑うシュタイナー君に、王が苦笑する。

「本当は、ランスを外へと解き放つのは、アリューゼに反対されていたのだが、このまま国に留めて腐らせるよりは良いのかもしれん」

「アリューゼ様が？」

「そうじゃ、ギュスタ。ランスを外へと解き放つと、我が国に災いが訪れると言っておった。なんでも、神託を得たとか」

あの方はいつも先々を見据えていた。何か気になることがあって、王に助言していたのだろうか。

それにしても、まさか神託とは……。

「ところで、ヘイゼルフェード王……こちらに印を」

話が一段落したところで、私は建国を認める正式な書類を懐から取り出す。

王の印があれば、それで独立は成《な》し遂《と》げられる。ヘイゼル王国はこの大陸を支配している大きな国だ。他国も文句は言えないだろう。

「仕方ない、約束は約束じゃ……」

書面にヘイゼルフェード王の王印が押された。

塩しかなかった私の領地は緑地帯となり、優しい領民、よくできた妻子がいる。

これから多くの果物や野菜が市場を賑わすだろう。

外に飛び出した野菜や果物はどんな変化をもたらすのか、今から楽しみだ。

たった今から、私の領地は国へと変わる。

私は込み上げてくる涙を我慢した。ここで泣くべきではない、家族と一緒に泣くべきだと思ったからだ。さあ、帰って建国の祝杯をあげよう。

第三章　父と子

王都に向かったお父様とシュタイナー君を見送った後、僕は農場へとやってきた。

今回は色々と調べないといけないことがあったから、モニカはお留守番だ。

その調べる対象というのが、山だ！

「松茸《まつたけ》にシメジ、舞茸《まいたけ》に椎茸《しいたけ》、タケノコやふきのとう。季節とか関係なく、色んなものがあるんだな～」

山で採れるもののオンパレード。一気に食べ物が増えました。妖精達にも手伝ってもらって全部回収。鉱山はB君一人で回せるらしいから彼に任せて、あとのみんなで収穫です。

「マスター、全てポイントに変換しますか？」

キノコが山盛りの籠を担いで、S君が確認しに来た。

「ん～。今ポイントはいくつあるんだっけ？」

「えっと一兆ですね」

「……ははは、ポイントはもういらないね。全部現実に持っていこう」

ポイントは鉱山の素材に任せて、食材はじゃんじゃん現実世界に持ち帰る。領民のみんなを安心させたいし、何よりも、僕が食べたい！　もち米も作れるようになったので、タケノコご飯や松茸ご飯を食べるのだ。じゅるり。おっとっと、ついつい欲が表に出てしまった。

「ウィン～。こっちにもあるよ」

一緒にこちらの世界に戻ってきたカエデも手伝ってくれている。

ちなみに、エレクトラさんとヴィクトリアさんは、それぞれの持ち場に帰った。

「山の収穫はこんなものかな。次は『何かの種』の成果だ」

山を後にした僕らは、大きな船に乗り込んで島に向かう。

島で作らせているヤシの木もそうだけど、『何かの種』も気になるところ。山で収穫した食材でも多くの料理ができるけど、作物の種類が増えればさらに色々な料理が作れる。夢が広がるな～。

風になびくカエデの髪があまりに綺麗で見惚れてしまう。

「どうしたの、ウィン？」

「ううん。ははは、何でもないよ」

「ふふ、おかしなウィン」

カエデがクスクスと笑う。でも、その頬は少し赤い。何も言わなくても察してくれたのかな。

「戦っているウィンは、私なんかよりも綺麗だったよ」

「そ、そう？　ははは」

そうして二人で褒め合って、顔を赤くしているうちに、島に到着した。

カエデは僕をお姫様抱っこみたいに抱えて浜辺へと降り立つ。

今回は船を浜辺に乗り上げさせないようにした。あれは結構びっくりするからね。

「マスター、お帰りなさい。見事に育ちましたよ」

畑に着くと、手付かずだった畑や農場が綺麗になっていた。そういえば、鎌や斧などの道具を置いていかなかったけど、向こうの農場から一通りの道具を持ってきたみたいで、背の高い木も切り倒されていた。

道具は今のところ三個ずつしかないから、そうやってやりくりしないといけないんだよね。

そういえば、ドラゴンとかの素材やミスリルが手に入ったのに、道具の種類は増えないな。どうなってるんだろう？　武器だけなのかな？

まあ、出ていないのだから仕方ない。

「凄い凄い。イチゴやブドウ、スイカもある」

ここに植えた『何かの種』の半分以上はいつものぺんぺん草だけど、残りは見事に果物になっていた。プルプルと自己主張している果物は全て美味しそうだよ。

「これらはどうしますか？」

「うん。持って帰るから納品箱に入れておいて。また『何かの種』が出たら、再度植えてね」

「了解しました～」

ぺんぺん草は、刈り取ると再度『何かの種』になる。それを植えていけば、いずれ新しい作物になるだろう。わかりやすくて良い。

僕は納品を見届けてからポイントショップを覗く。

イチゴの種：十万ポイント　メロンの種：十万ポイント　スイカの種：十万ポイント
ブドウの種：十万ポイント　ミカンの種：十万ポイント　リンゴの種：十万ポイント
モモの種：十万ポイント　パイナップルの種：十万ポイント　ヤシの種：百万ポイント

見事に種が解放されている。ブドウやリンゴなど、すでに持っているものもあるな～。島だと値段が違うのはなんでだろう。

しかし、偏りが凄い。大陸の畑では野菜系の作物が主だったけど、ここは全部果物。

この島で『何かの種』を育てると果物になると思った方がいいかもしれないな。

「そうだS君、『何かの種』は大陸で植えてくれる？」

主だった果物は出ている感じだし、ドリアンとかドラゴンフルーツとか、そんな珍しいものが増えても持て余しそうだからね。

「島では魚も捕れますが、どうしますか？」

「え？　そうか。暇になってしまうかもしれないもんね。いいよ、暇になったら魚でも捕ってて」

「わっかりました～」

可愛らしく敬礼をしてくる妖精。思わず手を伸ばして抱きしめそうになってしまう。

「じゃあ、一度現実に戻ろうかな」

「うん。じゃあね、ウィン」

【僕だけの農場】から出ようと思ったら、カエデが手を振って見送ろうとしてきた。

「え？　何を言ってるの？　カエデも一緒に行くんだよ」

カエデは話が呑み込めないようで、きょとんとしている。

「忙しい？」

「う、ううん！　忙しくない。……だけど、ずっといたら迷惑じゃない？」

「迷惑なものか。カエデは僕の奥さんでしょ。ついてきてよ」

カエデが珍しく感情を露わにして抱きついてくる。

「……うん！　ウィン、大好き！」

僕が照れ笑いをすると、彼女は一緒になって顔を赤くした。

◇

【僕だけの農場】から出ると、果物やキノコなど、農場から持ち出したものが木の籠に入ってベッドの周りに並んでいた。ご丁寧に名前が書いてあるから、わかりやすい。

持ち帰った物を確認していると、寝巻を着たモニカが部屋に押しかけてきた。

「お兄様！　寝ましょ！　あ〜、お兄様一人であっちに行ったの？　私も行きたかった〜」

モニカが胸に飛び込んできて、駄々をこねる。

「ははは、ごめんごめん。ちょっと色々確認したかったことがあってね」

「金の卵も持ってきたの？」

モニカは今回持ち帰った品の中でも一際目立つ、金の卵に目をつけたようだ。

「ああ、銀の卵もね」

金の鶏はやはり金の卵を産む鶏だった。実際に食べることも可能で、濃厚な味わいの中に出汁《だし》のような深い旨みを感じて、とびきり美味しい。銀の卵も同じだけど、少し金に劣るかな。

ぜひ、卵かけご飯にどうぞという感じだ。

「めちゃくちゃ高価な卵だから、とびきり美味しいぞ～」

「お兄様！　食べたい！」

「ふふ、モニカ様、もう寝るんじゃなかったんですか？」

「うん！　寝る～。食べて、カエデお姉ちゃんとお兄様と一緒に寝る～」

というわけで、モニカと一緒に夜食を食べることになった。お母様も匂いにつられて起きてきてしまい、お父様が留守の間にみんなで卵かけご飯を平《たい》らげる。

こうして食べていると、やっぱり醤油《しょうゆ》が欲しい。ボドさんが作ってくれないだろうか。

◇

終戦の翌日、朝方に帰ってきたシュタイナー君とお父様が、空母にみんなを集めた。

避難中の村の人達も勢揃いしている。

「みんな、おはよう」

お父様の挨拶に、みんなも笑顔で応えたが、どことなくソワソワしていた。

お父様がヘイゼルフェード王に会いに行ったのはみんな知っているからだ。

「皆が知っている通り、私とシュタイナー君はヘイゼルフェード王に会いに行ってきた。そこで正式に、我が領土は独立をなした」

みんなの驚く声を手で制して、お父様は続ける。

「ここに、ウィンスタ王国を建国する！」

「おお～！」

お父様が祝杯を掲げて宣言すると、みんなの歓声に包まれた。

ウィンスタという国の名前の由来は僕とお父様の名前からだ。

僕のおかげで建国することになったのでウィン。それを聞いた僕が、お父様の名前も入れてほしいってお願いして、ウィンスタに決まった。モニカもお母様も嬉しそうだ。

「独立した国になり、これからますます豊かになっていくと思われる。それを率いるのは今いるみんなだ。今後の発展の基礎とするためにも、一致団結して漁村付近の開発をしていこうと思う」

「街を作るのですか？」

漁村の村長のファイさんが手を挙げて、お父様に質問した。

「ああ。今、我が領地は三つの村からなっている。漁村、荒野、砂漠。砂漠や荒野が緑地になったことで作物も豊富になり、いずれそれを求めて魔物達が棲み着くだろう。緑が豊かになれば、それ

なりのリスクが伴うのだ。そこで、壁に囲まれた安全な街を造らないといけないと考えている。みんなには当面漁村周辺で暮らして、開発を手伝ってもらいたい」

お父様はみんなを見回して話し続ける。

「砂漠の村の村長オロミ、荒野の村の村長ラシン」

お父様は二人を前に呼んで、肩に手を置く。

「一時的とはいえ、故郷を捨てることとなるが、構わないか？」

「砂漠に一から村を築くのに比べれば、なんのその。緑地ならすぐにでもまたやり直せる」

「オロミさんの言う通り。荒野も緑地になりました。簡単に村を造り直せます」

二人は笑顔で頷き、力こぶを見せた。二人とも厳しい環境で村を維持していた人達だ。少しの間、村を留守にしていても大丈夫だよね。

「すまないな。国を作ったはいいが、中心になる街がないのでは、貿易も何もあったものではないからね……。近いうちに港も設けたいものだ」

「大仕事ですね。頑張ります！」

「ありがとう、ファイ」

二百もいない住人で街や港を造るのか。

いくら大工仕事は慣れている人が多くても、さすがに手が足りないな。

建国を祝い、再び船上でパーティーを開くことにした。

しばらくみんなと雑談しているうちにあることを思いついたので、お父様に声をかける。

「お父様、みんなのステータスも上げてみたらどうでしょう？」

「ウィン、私もそれは考えていたんだが、いいのだろうか？　お前の負担になるんじゃないか？」

お父様は遠慮してくれているけど、領民のみんなが強くなって大工仕事も早く終わるんだったら、みんな幸せだよね。

「大丈夫、ポイントはいっぱいあるし、妖精達くらいのステータスにすれば何も心配ないしね」

妖精S君くらいのステータスにすれば、仕事効率はかなり良くなる。その仕事ぶりがどんなものか、現実でも見てみたい気がする。

「そう言ってくれると助かるよ。みんなにも聞いてみよう」

お父様は嬉しそうに笑うと、大きく手を叩いてみんなの視線を集めた。

「みんな、ウィンは私の最高の息子だ。息子がいなければ建国などなしえなかった。それどころか、ランスの軍に殺されていただろう」

みんな雑談をやめてお父様の話に耳を傾ける。

「この勝利は、ウィンのスキルによってなしえた奇跡。みんなにもその奇跡を与えたいと思うが、どうだろう？」

「……。それはどういった奇跡なんですか？」

ファイさんが手を挙げて疑問を挟む。お父様は満面の笑みを浮かべ、みんなの前で大きく跳躍した。

空高く飛び上がったお父様を、みんなが呆然とした様子で見上げた。

「――と、こういう力だ」

みんな口をあんぐりと開けている。普通の人じゃできないことだからね。普通はこうなる。

「わ、儂らにその力をくださるのですか？」

「俺達が悪いことに使うとか思わないので？」

オロミさんとラシンさんが聞いてくる。

普通に考えて、こんな超人的な力を手に入れたら、悪用しようと考える人も出てくる。

だけど、みんなは違う。お父様を慕うみんなはそんな人じゃないって、僕は信じている。お父様の苦労を知っているみんなだから、信用する。

「私は皆を絶対的に信用している。全員、今まで一緒に領地を守ってきた仲間だ」

「ギュスタ様！」

お父様の言葉にみんなウルウルと目を潤ませた。

「これから国は大きくなっていく。それには皆の協力が必要だ。この力を受け取ってくれるか？」

まっすぐな目でみんなを見つめるお父様に、全員が大きく頷いた。

「ありがとう、みんな……。ウィン、頼む！」

僕はお父様の合図で空母と一緒に、【僕だけの農場】へと入った。

◇

一瞬で景色が変わり、眼前に農場の世界の海が広がった。

「ここは？」

「漁村がなくなっている？」

領民のみんなは呆然として目を擦ったり頬をつねったりしている。

「ここは僕のスキルの中の世界です。ここで皆さんを強化することが可能なんです」

みんな驚きすぎて言葉が出ない様子だ。

「一度大陸に戻ろう。エリアルドのみんなにも紹介したい」

「はい」

お父様の提案に賛成して、空母を城がある大陸に接岸させる。まだステータス強化していないみんなは、恐る恐る空母から降りていく。

僕は妖精のS君を手招きして呼ぶ。

「マスター、お呼びですか？」

「ああ、みんなのステータスを君と同じくらいに強化してほしいんだ」

S君は敬礼すると、すぐに作業に取り掛かった。

これでみんなS君と同じステータスになる。

「後は私に任せて、ウィンは遊んできなさい」

領民のみんなを地上に誘導しているお父様が、僕に目配せした。

「え？　いいんですか？」

「ああ、これ以上ウィンの世話になると、罰が当たりそうだからね」

遊びに行けるとわかって、モニカのテンションが一気に上がる。

「じゃあ、お兄様！　クエストに行きましょ！　またドラゴン倒すの！」

早速ドラゴン狩りを希望するモニカに、カエデが笑みをこぼす。

「ふふ、モニカ様は本当にドラゴンが好きなんですね」

「ドラゴンさん倒すとお金いっぱいもらえるし、カッコいい洋服がいっぱいになるから好き〜」

裏ボスのグレートドラゴンも、モニカの前では形無しだ。

カエデとモニカは手をつないで、冒険者ギルドに向かって歩き出す。

「じゃあ、お言葉に甘えて、僕も行ってきますね」

本当にドラゴンを倒しているとは思ってもいないお母様が、呑気にお見送りしてくれる。

「後で私も行きますからね。ドラゴンさん、とっておいてね」

「「は〜い」」

本物のドラゴンを目の前にしたら、お母様はどうなっちゃうのかな？　なんだか楽しみ。

◇

冒険者ギルドに着いてすぐに、僕らはステータスを見た。そこには驚くべき数字が並んでいた。

名前：ウィン　レベル：545
HP：600000　MP：500000
STR：600000　DEF：600000　DEX：700000
AGI：400000　INT：400000　MND：400000

ええ!?　凄くレベルが上がっている。裏ボスをいっぱい狩ったからって、これは上がりすぎだよ。

僕のやっていた農業物語のゲームは99が最高レベルだ。それに能力アップのアイテムを使って、やっと999のステータスになるっていうのに、これじゃあゲームの敵が出てきても瞬殺だよ。

「レベル1のころにステータスが上がっていたから、ステータスの上がりも凄いわ。レベルアップのステータスの上がり幅は、初期値が参考になっているから……」

エレクトラさんが呆れるように説明してくれた。カエデも感慨深げに話す。

「私達もウィンに引っ張られて凄いことになってる。ランスとの戦いの時に体が軽いと思っていたけど、これほどとは」

こんなステータスのシュタイナー君を傷つけたランスの【神装】っていうのは、相当危ない装備だな。

ランスやアウグストをここに呼ぶことはないけど、警戒しておいて間違いないね。

「お兄様！　ドラゴン倒しましょ～」

「ああ、そうだったね」

「あ～、ちょっとお二人とも。この間の素材は納品箱に納品されましたか？」

「え？」

モニカと一緒にクエストを受けようと思ったら、受付の男の人に声をかけられた。

そういえば、素材を手に入れただけで満足して納品箱には入れていなかったような気がする。

「納品によって新たなクエストが発行される場合もありますので、試してみてくださいね」

「へ～。そうなんですね。ありがとうございます」

それだけ言うと、男の人は奥の部屋に消えていった。親切な人だな～。

「職員にあんな人いたかしら？」

「エレも知らないの？」

「う～ん。知っているような知らないような」

カエデとエレクトラさんが考え込んでいる。

まあ、気にしても仕方がないし、新たにドラゴンを倒して、手に入った素材を納品箱に入れてみよう。

◇

ということで、早速クエストを受けて、街の外でドラゴンを倒した。

今の僕らならドラゴンといえども瞬殺だ。

モニカは倒したドラゴンの背に乗ってぴょんぴょんと跳ねている。

子供らしい可愛らしい容姿からは、とてもドラゴンを倒せる強さがあるとは想像できない。

「モニカ！」

ドラゴンが霧散しかかっているところに、大きな声が聞こえた。

振り向くと、驚愕の表情でわなわなと震えるお母様が、モニカに抱きついた。

「痛いよ、お母様～」

「も～。ドラゴンって本当のドラゴンだったのね～。大丈夫だった？　どこか痛くない？」

心配なのか、モニカの全身をくまなく触って確認するお母様。モニカはくすぐったそうにしているが、お母様は真剣そのものだ。

「まさか本当のドラゴンを倒していたなんてね――」

お母様は頬を膨らませて少し不満そうだ。でも、モニカに「お母様も今度一緒に倒そう～」と抱きつかれて、お母様の表情が柔らかくなる。

「ふふ、そうね。でも、素手じゃ怖いわ」

お母様も素手は嫌みたいだ。でも、本当は武器のあるなしじゃなくて、ドラゴンなんて伝説の魔物と戦いたくないって話になると思うんだけどな。なんだかずれているような気がするよ。

ドラゴンを倒した報酬をギルドで受け取って、みんなとわいわい話しながら農場に到着。

僕は納品箱にドラゴンの鱗を納品してポイントに換えた。

すると、突然どこからともなく声が聞こえてきた。

『農業物語がパワーアップしました』

「わっ⁉　びっくりした！　納品箱が喋った？」

『グレートドラゴンを倒したことを確認しました。これより、アップグレードいたします』

「アップグレード？」

続いて、ピーとかガーと音が鳴り出して、納品箱のポイントショップとかも開けない状態になってしまった。壊れたのかな？

「ウィン？　大丈夫かな」

「う～ん。こんなこと、初めてだからな～」

カエデが心配そうに身を寄せてきた。みんな今は様子を窺うことしかできない。

グレートドラゴンは裏ボス的な存在だ。その素材を納品したことでゲームをクリアしたような扱いになったのかな？

飛び級でSランクのクエストを達成して、それでクリアになってしまうなんて、なんだか反則だな。

「どうすることもできないから待つしかないね。しばらく、動物達と遊んでようか」

「は～い」

遊ぶという言葉にモニカがいち早く反応して走り出した。

鶏小屋に行くみたいなので、僕も様子を見に行く。

お母様とカエデは家で料理を作ってくれるらしい。楽しみだ。

「お兄様、凄いよ〜。金と銀の鶏さんがいっぱ〜い」

「はは、凄いね。こんなに羽化しているんだ」

モニカが金の鶏を掲げて喜んでいる。金も銀も二十羽はいる。これがポイント上昇の一つの要因だね。小屋も狭くなってきたから、もっと大きな小屋にしてあげたいな。

納品箱がパワーアップして、こういったところも買えるようになればいいんだけどな。

「美味しい美味しい卵さん、いっぱい産んでね」

モニカは一羽一羽にそう話しかけて撫でていく。鶏はみんな大人しくて、されるがままだ。

こういう時に雄鶏とかがいると暴れるんだけど、ここにいるのは全部雌鶏だから、大丈夫。

そもそも農場の中の動物は全て大人しい。ゲームの中の動物がそのまま再現されているようだよ。

でも、神様はきっと農業物語以外にも僕のゲームを見たんだろうな。そうじゃなきゃ、あんな空母とか護衛艦みたいな船を造るなんてありえないもん。『エリアルド農業物語』の世界は、みんな大好き中世ヨーロッパ風の文明だ。空を飛ぶものはないし、鉄の船もたぶんない。

しばらくして、カエデが呼ぶ声が聞こえてきた。

「ウィン〜。ご飯ができたよ〜」

「あっ！　カエデだ。は〜い。今行くね〜。さあモニカ、行こ」

一番大きな家に入ると、ベーコンの焼けた匂いがしてきた。

ベーコンと言えば燻製蔵。解放したのを忘れていたよ。

桜チップの良い匂いがベーコンについて、美味しそうだ。

今度ゆで卵もやってみたいな。あの金の卵のゆで卵を燻製に……想像しただけでよだれが出る。

「ウィン。私が作った。食べてみて」

カエデがベーコンエッグの載った皿をテーブルに置いた。ベーコンだけだと思ったら、目玉焼きも！　これはたまらない。

椅子に座って、ベーコンをフォークで口に運ぶ。その一部始終をカエデがまじまじと見てくる。なんだか恥ずかしい。

「ん～～～～～～……美味しい！」

思わず溜めてしまったが、美味しいと聞いてカエデはホッと胸を撫で下ろす。

「よかった！」

口に入れた途端に肉汁が溢れ、食欲をそそられて口が勝手に動く。噛むたびに肉汁が出てきて、燻製の香りが鼻をくすぐる。それに卵と合わさるとベーコンの塩味がまろやかになって、これもまた良い。

そういえば、ゲーム内のカエデは料理が下手だったな～。目玉焼きをなぜか両面真っ黒こげにしちゃうイベントがあった。そんな彼女がこんなに美味しいベーコンエッグを作った。密かに練習しているのかもしれない。

「良かったわね、カエデちゃん。練習した甲斐があったわね」

「はい！　これもお母様のおかげです！」

なるほど、お母様から教わったのか。最近、農場の外の世界での活動も多かったからね。その間に色々勉強したのかもしれない。

「ゲームの中では料理が下手だったけど、ウィンを追いかけてこっちに来た時から、だんだんできるようになってきた。これならもっとうまくなれるかも！　待っててね、ウィン」

「そんなに力まなくてもいいよ。僕はカエデが好きなんだから。たとえ料理ができなくてもね」

「ありがとう、ウィン……」

カエデを見つめながら、むしゃむしゃとベーコンエッグを口に運ぶ。美味しいので手が止まらないけど、彼女を見つめるのもやめられない。誰か止めて。

「はいはい、お熱いですね。私もギュスタ様と熱々だからいいんだけど、ウィンは私の子でもあるのよ。私も抱きしめるからね」

「は〜い。モニカも抱きしめます〜」

カエデと見つめ合っているのが妬《や》けたのか、お母様とモニカが抱きついてきた。

その様子に、カエデはクスクスと笑う。

こんな状況でも、笑いながら僕はベーコンエッグを食べ切った。

「あ〜美味しかった。ご馳走様〜」

カエデの料理を堪能して、お腹をポンポン叩く。

「お粗末様、ウィン」

カエデは微笑んでお皿をシンクで洗いはじめた。モニカもカエデの真似をして手伝っている。

ふふ、なんだか本当に子供ができたみたいだ。微笑ましい。

「ふふふ、なんだかお父さんみたいな顔をして……子供が欲しくなったのかしら、ウィン？」

「え!?　お母様、何を言ってるんだよ。僕らにはまだ早い」

「ふふ、そうね。まだまだウィンには早いかしらね」

ニヤニヤしてカエデとモニカを見ていたら、お母様に頬をツンツンされてしまった。図星だから顔が赤くなってしまう。

お母様は満足そうに微笑んで、カエデとモニカの横に並んで一緒に皿洗いを始めた。

三人で並んでお皿を洗っている姿も、なんだかいいな。

……なんて考えていたら、どこからともなくシステム音声が聞こえてきた。

『システムアップグレードが終わりました』

そういえばアップグレードしてたんだっけ。すっかり忘れていたよ。

「少し出てくるね」

「行ってらっしゃい、ウィン」

「あ！　……行ってきます、カエデ」

シンクで作業するカエデが控えめに手を振って僕を見送ってくれた。

隣にいるお母様とモニカがニヤニヤして見ているから恥ずかしいけど、僕も手を振り返す。

恥ずかしいな～。顔を赤くしながら外へと出る。

でも、行ってきますって良い言葉だよね。また帰ってくるともとれるしね。

納品箱に向かうと、箱の様子が変わっているのがわかった。

以前は木の箱だったものが、銅色の箱になっている。

材質から考えると、銅の次には銀とかがありそうだって、自然と想像できるね。

早速、納品箱に触れてポイントショップを開いた。

ミスリルのつるはし：一千万ポイント　ミスリルの斧：一千万ポイント
ミスリルの鍬：一千万ポイント　ミスリルの鎌：一千万ポイント
ミスリルの釣り竿　一千万ポイント　ミスリルのジョウロ：一千万ポイント
大きな漁船：一千万ポイント　湖：百億ポイント
発酵蔵：一千億ポイント

新しい商品がいっぱいだ。新たな道具と土地、漁船。何よりも、待望の設備が来たよ。

「発酵蔵～！」

思わず声を上げて喜んだ。

これできっと、醤油やら納豆やら色々と作れるぞ。

大豆がないからまだまだ無理だけど、希望が見えてきた。

「あとは『何かの種』から大豆ができるのを待つだけだな～。それか、外で手に入れた大豆をこっちに持ち込んで、醤油にしてしまおうか」

そういえば、現実世界の食材をこういった加工品の材料にできるか試してなかった。それも含めてやる価値はあるかな。

「お兄様！　何ができるようになったの？」

色々と考え込んでいると、モニカが抱きついてきた。

「え～、さっきからかってきたから、教えてあげな～い」

さっきのお返しをすると、モニカは涙目になって頬を膨らませた。

「え～!?　ごめんなさいお兄様！　教えて～」

「あ～、嘘、嘘。冗談だよモニカ。モニカに教えないわけがないだろ」

「ほんと？　お兄様大好き～！」

すぐに機嫌を直したモニカが、全力で胸に顔を擦りつけてくる。

「モニカ様は本当にウィンが好きなのね。なんだか妬けちゃうな」

本当に甘えん坊なモニカを見ていたカエデが、小声で呟いた。

「カエデお姉ちゃんも大好きだよ！」

「ありがとうございます、モニカ様」

カエデは嬉しそうにモニカの頭を撫でて微笑む。

「お兄様！　何ができるようになったの？」

モニカに再度納品箱について聞かれたので、説明する。

「湖～！　水浴びできる？」

モニカは湖に反応して、目を輝かせている。

僕らの領地では、海っていうのは馴染《なじ》み深いけど、湖はそうではないんだよね。オロミさんのところにあったオアシスが湖と言えるけど、モニカは砂漠まで行ったことがなかったから、初めてかもしれない。

「水浴びはできると思うよ。でも、今までも海で水浴びしてたよね。嫌だった？」

「ううん。お兄様と遊ぶのは楽しかった。だけどね。海は入った後ベトベトして……」

嫌だったとは言わない、良い子のモニカでした。

「そうか～。じゃあすぐにでも湖を買おう。それですぐに遊びに行こうね」

「やった～。お兄様大大大好き～！」

モニカが今までよりも一層力強く抱きついてきた。

さすがにドラゴンを屠《ほふ》る力を持っている彼女の思いっきりは痛いよ。スピードタイプのモニカだから何とかなっているものの、防具を買った方がいいかなと思う今日この頃でした。

というわけで、新たな商品を購入。マヨネーズメイカーの横に発酵蔵がドンと置かれる。かなり大きな樽《たる》といった感じだ。発酵蔵に見入っていると、モニカが急かしてきた。

「お兄様～。早く行こ～」

「ああ、モニカ。でも僕は発酵蔵が」

「む～。さっき約束した～。湖～」

確かに湖に行こうと言ったけれど、日本人の前世を持つ僕としては、発酵という素晴らしいものを世界に広める使命が。

しかし、可愛い妹の膨れた頬をすぼめることができるのも僕なんだよね。

妹のために、ここは僕が我慢いたしましょう。どうせ大豆は『何かの種』頼み。今は妹と遊ぶのが一番良い選択だ。うん。

◇

ウィンがドラゴンの鱗を納品する姿を、物陰から密かに確認していた人物がいた。

ギルドでウィンに助言したギルド職員の男だ。無事に納品されて、彼はホッと胸を撫で下ろす。

「ふう、これでオクパス様に怒られないで済む。……さあて、帰ろ」

ギルド職員は体を変化させて海へと帰っていく。

海を漂うその体は半透明で、クラゲのようだ。

彼は『エリアルド農業物語』の世界にはいない存在。神に作られた〝次の世界〟の存在。

海を漂い、海底に着き、長い洞窟を抜けた先に現れた水中の神殿へと入っていく。

そこへ、タコの足のような触手を背中に生やした少女が現れた。

少女はニヤッと口角を上げて触手でクラゲを掴む。

「ゲーラ。ご苦労じゃった。ウィン様に次への道を示してきたかえ？」

「は、はい！　オクパス様、それはもう完璧なタイミングで助言いたしました〜」

「よくやった。さすがはゲーラじゃ。これで少しすれば、わらわも地上へと上がれるぇ～」

ギルド職員の男はゲーラという名で、声を弾ませる少女はオクパス。彼女は神に作られた次の世界の王だった。

海王オクパスは、ウキウキしながら天を仰《あお》ぐ。

夢にまで見た地上がすぐそこまで来ていると期待しているようだ。

「そ、そんなに地上に出たいのですか？」

「日頃から出ているお前にはわからないじゃろうな」

オクパスは自分の触手を器用に椅子の形にすると、それに腰かけて質問に答えた。

「神に作られたわらわ達は、神が定めたルールによって行動を制限されておる。ウィン様に会いたいと思っていても会えないのじゃ」

恋焦がれる少女のように目を輝かせるオクパスを見て、ゲーラは納得するように頷く。

「ウィン様は優しいお方でした」

「もっと詳しく！」

「は？」

「ウィン様のことだえ～！　わらわ達を作り出した神が贔屓《ひいき》するだけのお人なのかえ？」

触手でゲーラを掴むと、ブンブンと振り回す。ウィンを直接見たことのないオクパスは、興味津々のようだ。ゲーラは体を赤くして苦しそうにしている。

「あ～、早くお会いしたいえ～」

オクパスらの会話の内容からは、まだまだウィンのスキルには進化の余地がありそうだ。

【僕だけの農場】は謎だらけである。

◇

湖を買ったことで、山の向こうに湖が出来上がった。

早速水浴びするために、みんなで山を越えてやって来た。

湖の水は透明度が高く、底まで見通せる。僕が知っているゲーム『エリアルド農業物語』ではこんな湖はなかった。カエデも知らないみたいだ。

「どうかな、ウィン？　似合ってる？」

「うんとっても」

着替えを終えたカエデが、遠慮がちに披露してきた水着（仮）を見て、思わず頬が緩む。

実は、湖で泳ぐために水着を用意しようと思ったんだけど、水着って結構作るのが大変な服みたいで、手に入らなかったんだよね。だから、商店街のお店でそれほど露出をしない下着を買って、水着代わりにしている。下着だと思って見るから下着になる。そうだ、これは水着だ。

鼻血が出そうになるが、我慢我慢。僕は普通にトランクスタイプのパンツだ。トランクスは普通にズボンみたいなものだから、恥ずかしくないぞ。

「お兄様！　私は？」

モニカはカボチャパンツに白いタンクトップだから、色気も何もない。普通に似合っているぞ。

「似合っているよ」

「むふ～」

モニカは嬉しそうに微笑むと、カエデと一緒に湖に入る。

桟橋があって、そこからみんなでダイブした。

僕も大きな水しぶきをあげて飛び込む。あ～気持ちいいな～。

「綺麗な湖だね、ウィン」

「そうだね。周りの雰囲気は神聖なものっぽいけど、何か出そうな感じもするな～」

湖のことを考えていると、モニカが湖の底を指さし、声を上げた。

「お兄様～！　湖の底に何かあるよ～」

視線を向けると、湖底に大きな神殿のようなものが見える。

「さすがに深すぎて行けないな」

水の透明度が高くて底まで見えるから、深さがわかる。これだけ深いと息が続かないし、水圧だって相当だろう。水を全部抜くか、潜水服みたいなものを作らないとダメだな～。

「危ないから潜っちゃダメだよ、モニカ」

「は～い。行きたいけど、お兄様の言うこと聞く～」

モニカに潜らないように言うと元気に返事をしてくれた。

「じゃあ、あっちまで競争だ！」

「あ～、先に泳ぐのずるい～」

モニカは頬を膨らませて不満を訴えながらも、イルカのように泳ぎはじめる。

カエデはそれを追いかけるようにクロールだ。綺麗なフォームで、見惚れちゃうな。

「いちば～ん」

「お兄様ずるい～」

真っ先に岸にたどり着くと、モニカが悔しがってバシャバシャ水しぶきを上げる。

さすがに大人げないことをしてしまったので、モニカの両脇を持ち上げて浮かせながら背泳ぎする。強化された身体能力がなければできない芸当だ。

「わ～、お兄様すご～い。水の上を飛んでる～」

思いっきりモニカを楽しませる。

「今度はモニカが一番」

「お兄様大好き～！」

再び岸まで往復して、モニカと一緒に湖から上がる。

「ふふ、熱々だね。なんだか妬けちゃうな」

「はは、カエデも一番だよ」

何の一番とは言わずに囁《ささや》くと、カエデは顔を赤くする。機嫌を良くしてくれたみたいだ。

「さて、そろそろ帰ろうか。モニカは楽しめた？」

「うん！　楽しかった～。また来ようね」

満面の笑みのモニカの答えを聞いて、僕らはみんなで手をつないで湖を後にした。

帰り道に通った山では山のようにキノコを手に入れた。

前回手に入らなかったトリュフが採れて、僕は満面の笑み。

世界三大珍味のトリュフだよ！　実物なんて前世でも見たことなかった。これはボドさんに何か作ってもらわないとな。

王道はパスタか。あとは肉料理に合わせてもいいな。ハンバーグは前にも作ってもらったから、ローストビーフか！　米と合わせてローストビーフ丼！　ああ～！　でも、そうすると醤油が……醤油が欲しい～。贅沢を言えば、わさび～……ん？　わさびって、綺麗な水で育つとか聞いたな。もしかして、湖の周りにあったかも？　今度遊びに行った時はしっかり確認しよう。

◇

「ウィン。帰ったか。待っていたぞ」

トリュフを手に入れて帰ってくると、お父様達が農場の家でくつろいでいた。家の前に椅子を持ち出して、農場を見ながら座っている。僕もあれやりたいな。

「凄いですね、ウィン様。体が軽くなりましたよ」

ファイさんが確かめるように跳ねている。元々彼は身軽だったけど、強化されて凄く楽しそうだ。

それを見て、オロミさんも同じように跳ねてみせる。

「フォッフォッフォ、この歳になって走り回れる日が来るとは。感謝してもしきれんて」

お年寄りなのに軽快に動く姿は、なんだか違和感がある。

「これでギュスタ様に恩をお返しできる。ウィンスタ王国のために身を粉にして働きます」

ラシンさんも感激で泣きそうになりながら、お父様に想いを語った。

みんな本当にお父様が大好きなんだな。まあ、僕もだけどね。

「さあ、みんな。戻ろう。街を造る計画を立てなくてはな」

僕が戻ってきたのを確認し、お父様がみんなに呼びかけた。

全員、強化された軽快な足取りで空母へと乗り込む。このまま生身で海上に戻ったら大変なので、空母に乗った状態でみんな一緒に戻った方がいい。

みんなの乗船をしっかり確認し、僕らは空母ごと現実世界に戻った。

「あ〜、楽しかった〜。ね〜、カエデお姉ちゃん！」

「そうね。モニカ様」

カエデも一緒に【僕だけの農場】から出たので、モニカが嬉しそうに手をつないで話している。

「ウィン。これから私達は街の建設に入る。ウィンはどうする？」

ふむ、街建設か〜。その手のゲームは好きだったけど、今は……トリュフ！

「皆さんのために美味しい料理を作ろうと思っているので、僕はちょっと外します」

「なに、美味しい料理!?　それは期待できるな。そういえば、ボドが食材の件で商人ギルドへ手紙を出していたな。聞いてみたらどうだ？」

「ええ!?　本当ですか？」

なんと、ボドさんが早くも動き出していたようだ。

しかし、手紙でやり取りしているんだからしばらく時間がかかるだろうな～。

早速、屋敷に帰って、キッチンにいるボドさんのもとへと来た。

「ああ、皆様、お帰りなさいませ」

「ただいま。商人ギルドに連絡をしたって聞いたんだけど、お願いしていた調味料の件かな？」

ボドさんに聞くと笑顔で頷いた。大豆が見つかりそうかな？

「知り合いの商人に手紙を出しました。すぐに返事が返ってくると思うので、期待して待っていてください」

おお、それは素晴らしい。では、こちらの話も進めよう。

「ところでボドさん。トリュフを取ってきたよ」

「トリュフ？　これも食べ物なんですか？」

トリュフは知らないのか。まあ、僕も食べたことがないから、人のこと言えないけどさ。

「お肉と相性が良いキノコだよ。これは黒トリュフだけど、白トリュフはもっと珍しいものなんだ」

「お肉と相性がいいんですか。本当にウィン様は博識ですね」

全てテレビ番組の受け売りなので恥ずかしい限りだけど、お肉に合っているのは間違いないと思う。料理が好きなボドさんなら、これだけの情報でトリュフを活かしてくれるだろう。もちろん、僕も手伝うし。

「お兄様！　味見する？」

「ん？　ああ、そうだね」

指をくわえながらモニカが聞いてきた。

「じゃあ、カエデお姉ちゃんと待ってる。できたら教えてね」

「わかったよ、モニカ。カエデ、ありがとね」

「ううん。私もモニカ様と遊ぶの楽しい」

モニカに引っ張られるように庭へ走っていくカエデを、手を振って見送る。

カエデとモニカは本当に仲がいいな。モニカはお姉ちゃんができたみたいで嬉しいんだろうな。

キッチンで準備をしていると、お母様がやってきた。

「ウィン。私も手伝うわ。勉強にもなるしね」

「ありがとう、お母様」

お母様が一緒に料理をしてくれると聞いて、ボドさんは恐縮してしまっているけど、最近よく料理を教えているみたいだから、少しは慣れてきたでしょ。

「では、ウィン様、今日はローストビーフを作るのですか？」

「うん！」

トリュフにローストビーフ。これは夢にまで見た料理だよ。本当は胡椒《こしょう》とかニンニクも欲しいところだけど、ないものはないので致し方ない。あ～、早く『何かの種』で手に入らないかな～。

そんなこんなで、ボドさんと一緒に料理を作っていく。身長が足りないので調理はお母様にやってもらっている。早く大人になって自分の手でやりたい。

メインはローストビーフで、あとはコーンポタージュ、それともう一品用意した。

小麦粉で作った薄い生地にトマトソースを塗り、スライスしたトリュフとベーコン、チーズがご対面。窯《かま》で焼き目がつくまで焼けば……そう！　ピザが完成だ！　ん〜、早く食べたい。

「量はこのくらいで大丈夫ですか？」

「いえ、空母の時と同じくらい欲しいんだけど」

「ああ、皆さんに振る舞うのですね。ではどんどん作っていきましょう」

ボドさんはてきぱきと同じ料理を作りはじめる。さすがにピザ生地は僕とお母さんがやっているけど、他の料理は一人で作ってしまっている。やっぱり凄いや。

遊び疲れたモニカが帰ってきたので、焼き上がったピザを味見で渡す。とろーりと溶けたチーズとトリュフのピザの味は格別のようで、モニカは大きな口を開けてかぶりついてる。

「おいし〜」

「モニカちゃん、口についてるよ」

「むふ〜。ありがとう、カエデお姉ちゃん」

カエデは今までモニカを様付けしていたけど、妹に怒られて〝モニカちゃん〟と呼ぶようになったらしい。ますます仲良くなって、本物の姉妹のようだ。まあ、僕の奥さんなんだから、ある意味本当にお姉ちゃんなわけだけどね。

領民のみんなの分の食事が出来上がった頃、お父様達が帰ってきた。

みんなに料理を振る舞うと、すっごく喜んでくれたよ。初めて見る食べ物もあって、感動しているんだろうな。

トリュフは庶民の僕の舌をうならせるものだった。噂通り、お肉に超合って美味しかったです。

◇

トリュフを味わった次の日、モニカとカエデと共に【僕だけの農場】に入った。

「う～ん」

僕は『何かの種』の畑を見て首を傾げる。

サツマイモ、キュウリ、ジャガイモ、トウモロコシ、里芋、大根。

……新しい品種は三種類しかできていない。

妖精に聞くと、この六種類しかできないみたい。早く言ってほしかった気もするけど、聞かないと答えてくれないんだよな～。

島の方でも新しい果物はできなかったので、色々と制約があるのかもしれないな。

まあ、サツマイモとか、今までなかったものができたのは良いことだね。

発酵蔵が活用できそうなものはないけど……ん？　待てよ。

発酵って、漬物みたいなものもできるよね。菌に色々してもらうわけだからさ。なら、大根を発酵蔵に入れれば、何か起こるんじゃないかな？

ということで、発酵蔵に大根をポーン。

「う、動いた！」

マヨネーズメイカーをはじめ、この手の道具は適した材料を入れると、もにゅもにゅと動き出すんだよね。樽がクネクネ踊る様はコミカルで、なんだか面白い。

しばらくすると、発酵蔵の動きが止まった。中を覗くと、大根が漬物になっていた。

「わ～、しおれてる～。お兄様、それ食べられるの？」

「ふふふ、食べられるよ、モニカ。はい」

しおれた大根をドラゴンの短剣で薄く切って、不思議そうに見ていたモニカとカエデに一切れずつ渡す。

「こりこりする。なんだかおかしな感じだけど、美味しく感じる」

先に食べ終わったカエデが感想を述べる。カエデは刀を使う侍だけあって、好みが日本人っぽいのかもしれないな。だから美味しく感じるのだろう。一方、モニカは渋い顔をしている。

「昨日のピザの方が好き……」

モニカは何とか飲み込むと、さりげなくピザを催促してきた。よし、今度また作ろう。

「苦手な味だったみたいだから、お口直しにサツマイモでも食べようか」

「サツマイモ？」

サツマイモを一つ取って、家に入る。家には現代の電化製品が多くあるから、すぐに用意できる。

サツマイモをお皿に載せて、電子レンジにポン。

しばらくすると甘い匂いがしてきたので、取り出してバターをちょい。

「わ～、美味しそ～」

「良い匂い」

モニカもカエデも鼻を鳴らす。ふふ、溶けたバターがまた美味しそうだ。

「手で掴んでもいいけど、熱いからフォークでね。僕はお箸《はし》」

僕は日本人だからね。農場では箸を使っている。現実世界では貴族の体面もあるからフォークとスプーンだけど、ここでくらい箸を使いたい。

ちなみにカエデは箸を使えないみたい。『エリアルド農業物語』はヨーロッパの文化っぽい世界観がベースだから、仕方がないのかも。

「「おいし～！」」

「二人の口に合ったみたいで良かった」

ほくほくに湯気を出すサツマイモ。バターの塩気とマッチして、最高の甘味になってる。

「こっちのお芋さんも美味しいの？」

「ああ、それは里芋だね。煮物とかにして食べるから、モニカはあまり好きじゃないかもね」

和風な煮物はモニカの口には合わないだろうな。漬物よりはマシかもしれないけどね。

「煮物？」

「うん。煮物だよ。でも、それを作るには醤油とみりんっていう調味料が必要なんだ」

みりんを作る工程はお酒と似ているという話は聞いたことがある。

この世界では僕が米を作った第一人者だと思うから、日本酒なんて存在しないはず。ということは、みりんも作られていないだろう。

砂糖で代用すれば近い味にできなくもないと思うけど、全く別のものになっちゃう。そもそも醤油がないことには始まらないので、まだ作れないな。

ボドさんが大豆を見つけてきて、それを発酵蔵に入れられれば、醤油や納豆が手に入る。

念願の醤油に納豆か……。味を思い出すだけでよだれがじゅるり。

首を傾げる二人に、みりんについて説明したものの、さすがに伝わらなかった。

こういったことは料理人のボドさんじゃないとわからないだろうね。

「じゃあ、そろそろ帰ろうか」

「え～。ドラゴンさん倒さないの？」

「ふふ、モニカちゃんはまたドラゴンを倒したいの？」

「うん！　だって金貨とか素材とか、お兄様のためにいっぱい欲しいんだもん」

「ありがとう、モニカ」

モニカが嬉しいことを言うので、カエデと一緒に頭を撫でてやる。

彼女は僕のためにドラゴンを狩ってくれてたのか。道理で素材にはそんなに興味を示さなかったわけだ。金貨も素材も、全部僕が手に入れたのを見て初めて喜んでいた。モニカは人の幸せを喜べる、良い子なんだな。

◇

「大根の漬物というのか、良い歯応えだ」

「私も嫌いじゃない食べ物ね。ご飯に合うわ～」

発酵蔵の完成品第一号の漬物を持ち帰って、お父様とお母様に食べてもらった。二人とも気に入ってくれて良かった。ただ、スプーンとフォークで食べているのはちょっとおかしな感じだ。

「その発酵というのはどういったものなんだ？」

「簡単に言ってしまえば、食べ物を放っておいて腐らせたものですね」

微生物の話をし出したら大変だし、僕にも説明できないから、何となくのイメージで伝える。

「腐らす？」

「もちろん、普通は傷んで食べられなくなるから、そういうものは腐敗って言うんですが、中には腐っても食べられる有益なものがあって、それを発酵と言います。ワインみたいなお酒も、この発酵でできるんですよ」

お父様は「は～、すごい知識だ」と感心しながら、漬物をポリポリ食べている。

「腐っているってことは、これ以上腐らないのかしら？」

「そうとも言えないんですが、たぶん僕の農場の物は腐らないし、カビも生えないと思います。生肉ですら傷まないから」

何回か生肉を農場から持ってきているんだけど、その全てが腐っていない。こっちには冷蔵庫もないから、すぐに腐ってもおかしくないのにね、普通は。

「腐らない肉なんかあったら、きっと食料事情が一変しますね。お父様じゃないけど、こんな食料を世に出していいものだろうか」

「野菜や果物の種も、よく考えないといけないわね」

僕の言葉に、お母様が反応した。

どんな土地でも育ち、砂漠を緑地にした作物。そんなものが全世界に広まれば、きっと素晴らしいと思う。だけど、食べ物の心配がなくなり、農業に費やしていたお金が浮いたらどうなるだろう？

そのお金で軍を増強して、他国を攻めようとするんじゃないか？　人の欲望は際限がないからね。

お母様と一緒に心配していると、お父様が思い出したように口を開いた。

「ふむ、そのことなんだが、試しに隣のアウグストの領地の村人に種を少し渡してみたんだ。一回目の種は見事な実をつけたが、その実から取れた種を蒔いても、次は実がならなかったそうだ。もしかしたら、ウィンがいる領地でしか繁殖しないのかもしれないぞ」

「僕がいる領地？」

お父様は大きく頷く。なんとも不思議な条件だが、神様ならやりそうだ。

試しに僕自身がアウグストの領地に行って種を蒔いてみるとか、実験をしてもいいけど、それをしたところでな～。

余計な情報が他国に知られて、狙われても困る。

「もっとも、荒れた土地を豊かにする効果はあるようだから、それだけでも有益な作物だろう。その場合、値段をどうするかだな……」

「奇跡の作物だものね。値段はつけられないんじゃないかしら？」

確かに、荒れた土地を直してしまう作物なんて、値段を付けられないよね。

悩むお父様とお母様に、僕は作物について考えていたことを一つ提案してみる。

「そうしたら、作物を売る相手に、他国を攻めないという条件と、ウィンスタ王国に寄付をするっていう二つの条件を付けるのはどうでしょう？　多額でなくていいから、作物の値段とプラスしてお金を払ってもらうんです。奇跡の代価として」

「ウィンは戦争をしない国を増やしたいってことかい？」

「うん。食べ物に困ってさえいなければ、平和に暮らすことはできるはずです。そして僕の作物があれば、痩せた土地でも農業ができるようになるんだから、それは成し遂げられます。これならみんな守れるでしょ？」

僕の言葉にお父様は考え込むように俯き、お母様も心配そうにため息をつく。

「人は欲深い生き物なのよ、ウィン。それでも戦争をする者が現れるわ」

「そうしたら、その国には作物を渡さないようにすればいいんですよ。それでも戦争をやめなかったり、こちらの作物を奪ったりするようなら、僕らで相手国の王族だけを拘束するんです。一番上の者を拘束してしまえば、戦争どころじゃないでしょ？」

僕らの強さは作物だけじゃない。領民のみんなも妖精S君並みの能力を得ている。作物を奪われる心配はないし、万が一戦いになっても、負けるわけがないよ。

「面白いな。取引に信用をのせるということか」

「信用していない相手に作物は売らない。売ってお金を得るだけが全てだった今までとは大きく変わると思います」

「ウィンの案を使おう。商人ギルドと話をつけて、どこに持っていくのかを事前に相談するか」

お父様は大きく頷くと、僕を抱き上げて玄関まで行って扉を開いた。

「見ろ、ウィン。壁の建設が始まっている。私の屋敷を漁村と共に守る壁だ」

視線の先には屋敷と漁村を囲って扇状に大きく広がる壁。この世界は魔物がいるからね。

今まではお金がなかったから造れなかったものだ。土地が痩せすぎて魔物も寄り付かない領地だったから良かったけど、考えてみれば結構危険な状態だった。

「ここからお前の平和への思想が広がる。必ず成し遂げるぞ、私は」

力強く宣言したお父様の背中に、お母様が微笑みかける。

「私達は、でしょ？　あなた」

「ああ、リリス。一緒に歩いてくれるか」

「当たり前です」

お母様が僕とお父様を一緒に抱きしめ、温もりに包まれた。

「あ〜、ずる〜い。私もお兄様を抱きた〜い！」

朝食後に外に出ていたモニカが遠くから僕らを見つけて、弾丸のように飛びついてきた。

「ははは、モニカは本当に強い子になったな～。受け止めきれないぞ、私達では」

「散歩に行くと言っていたけど、どこに行っていたの、モニカ？」

お母様に聞かれたモニカが、得意げに答える。

「うんとね。砂漠だったところに魔物さんが現れることが多くなったって聞いて、行ってきたの。大きなミミズさんだったよ～」

領地が潤ったおかげで、植物を食べる虫や動物が集まるのはもちろん、それを狙う魔物も増えてきたんだよね。僕はまだ見たことがないけど、ゴブリンやオークみたいなファンタジーな魔物も多くいるらしいからね。

「サンドワームか……。しかし、砂漠はなくなったはずだが、元の地形に合わせたような魔物が現れるのか？」

お父様は目を丸くしている。

モニカは農場から持ってきてる籠手を使っているし、危険はないだろうけど、魔物を倒しに行くなら僕らにも言ってほしかったな。

「貿易を行う上で、魔物や盗賊などの排除は信用にかかわる。取引相手に信用を求めるのだから、こちらもしっかりしなくてはな」

「うん。自警団の強化、冒険者ギルドの誘致が必要だと思う」

信用を買ってもらったっていうのに、取引の帰りに魔物に襲われましたなんて、洒落《しゃれ》にならない。

しっかり領地の安全を確保しなくちゃね。

「冒険者ギルドか……古い友人に連絡を取ってみるか」

遠い目をして呟くお父様に、お母様がそっと寄り添う。その表情は、なぜか少し心配そうだった。

◇

現実世界のヘイゼル王国では、ギュスタとの戦に敗れたランスが率いる軍が王都に戻ってきていた。そこにはランスはもちろんのこと、アウグスト達三人の姿もある。

ランスはアウグスト達と別れ、一人で王城へと入っていく。そのまま玉座の間に向かい、父王へイゼルフェードに面会した。

「帰ってきたか、ランス。どうであった？　ギュスタは強敵だったか？」

「父上……」

跪いたランスは、疲れた表情でヘイゼルフェードを見上げた。

「父上は知っていたのですか？　ギュスタがあれほどの戦力を手に入れたことを？」

ランスは疑問を投げかける。ギュスタとヘイゼルフェード王との間で取り交わされた約束――あの羊皮紙のことが気になっていたようだ。

「戦力か。それについては知らなかった。しかし、奴はこの王城の儂の寝室に直接現れたんじゃよ。誰にも気づかれずにな」

「寝室に？」

ランスは思わず顔をしかめる。

王城は夜間も多数の近衛兵《このえへい》が警備している。たとえ近衛兵一人ひとりがそれほど強くないとしても、誰にも気づかれずに寝室に入るなど、ランスでも無理な芸当だ。

「そうだ。お前でも無理なことをギュスタはやってのけた。アリューゼが一目置いていたようだが、これほどとはな。同じ王になった今、奴は儂の盟友になるかもしれぬ」

王にここまで言わせたことに悔しさを覚え、ランスは拳を握る。

「そこでじゃ、ランスよ。お前にはギュスタの国での修業を命じる」

「⁉」

驚く様子のランスに、王は微笑みを浮かべながら玉座から立ち上がり、歩み寄る。

「我が子よ。強くなれ。そして、守るべきものを見て、守るものを作るのだ」

ランスの肩に手を置いて語る王の声は優しい。

「ギュスタは国を興す。一から作り出すのだ。壁を造り、家を建て、人を育てる。これから守るものを多く作っていく。その姿を見て、お前が守るものとは何かを見極めてくるのだ」

「……」

ランスは黙って王に視線を向ける。シュタイナーに言われたことと、父王に言われていることが重なり、ランスは悔しさのあまり指先が白くなるほど拳を握りしめていた。

愛を知らぬ可哀想な王子への憐れみと、優しさのこもった目を向けられて、ランスは強く目を瞑り、しばらく俯く。

やがて何かを決意したように目を見開き、立ち上がる。

「父上。ありがとうございます！　私は……俺は大きく強くなって帰ってきます！」

「よく言った！　それでこそ我が息子！　ヘイゼルの王子だ！」

王はランスの両肩を叩いて喜ぶ。

ランスは旅立ちを決意し、帰還を約束した。

王の思惑通りだった。


一方、ランスと別れたアウグスト達は、普段溜り場にしているレストランへと向かった。

椅子に座り、適当な食事を持ってこさせるが――

「うう、もう我慢できねえよ！」

「ああ、俺もだ！」

エグザとグスタが、運ばれてきた料理を前に声を荒らげた。

「おい！　二人とも自分を保て」

二人はアウグストの制止も聞かずに立ち上がって、外へ出ようと歩き出す。

アウグストは扉の前に出て止めるが、二人に押しのけられてしまう。

「お客様、どうされたのですか？」

レストランの店主が困惑して声をかけてくるが、アウグストは首を横に振って「構わなくていい」と合図する。

「もう我慢できねえんだよ、アウグスト！」

「俺もだ！」

二人は、あるものの攻撃を受けて、こんな状態になってしまった。しかし、それはアウグストも同じだった。

「俺だって我慢してるんだ。辛抱しろ！　こんなことでギュスタに頭を下げるなんて……」

アウグストが噛み締めた唇から一筋の血が流れる。

その様子を見せられた二人は、顔を見合わせて椅子に座り直した。

「お前もそんなに我慢してたんだな……すまん」

「いや、いいんだ、エグザ」

三人の関係は、戦を経て少し変化していた。以前は二人のことを見下していたアウグストだったが、今は二人を友として認めつつあった。

何とか落ち着きを取り戻した三人は、テーブルに並べられている料理をつまんでいく。

三人は何をそんなに我慢しているのかと言うと……。

「でもさ……こんな味気ない黒パンなんか食べてもな……。あ〜食べたいな、はく――」

「言うな!!」

パンを片手に呟くグスタの言葉を、アウグストが慌てて遮《さえぎ》る。

「白米食べて〜！」

しかし、エグザが言葉を引き継いでその単語を口にしてしまい、アウグストが頭を抱える。

「だから、やめろって言ってるだろ！」

白米が食べたい……。それはランスの軍の全ての者が呪文のように唱えている言葉だった。

オロミが配った米は、開戦前にはなくなった。

それから王都に戻るまでの間、干し肉などの保存食を食べていたアウグスト達は、何かを口に入れるたびに白米の味を思い出して、自然と呟くようになってしまった。

今や「白米が食べたい」は、彼らの合い言葉になりつつある。

「なあ、ギュスタの領地に行っちゃダメなのか？」

「やっぱ、それしかねえよ！」

エグザとグスタが血走った目で迫るが、アウグストは首を横に振った。

「俺も我慢しているんだ。戦に負けた身で米を分けてほしいと頭を下げるなど、恥の上塗りでしかないだろ⁉」

アウグストは白米を食べたいという欲望に抗っていた。そして、父を知っているギュスタと話をしたいという本心にも。しかし、その我慢はすぐに無駄なものになるのだった。

突然、貸し切りになっているはずの店に、王族のマントをはためかせた男が入ってきた。

「苦労しているようだな。アウグスト」

「「「ランス様！」」」

現れたランスに、三人は目をしばたたかせる。

「驚くのも無理はないが、さらに驚くことになる。私はギュスタの国へと向かう」

「「「!?」」」

ランスの言葉に三人はさらに困惑を深めた。

「ギュスタは国を興す。それは知っているだろう。それを見てこいと王は仰せだ。お前達はどうする?」

ランスはアウグスト達が頼んでいたワインのボトルを掴み、豪快《ごうかい》に飲み干した。

アウグストは俯いて押し黙るが、エグザとグスタの返事は早かった。

「俺、行きます!」

「俺も俺も!」

それを聞いたランスは、ご機嫌な様子で二人と握手を交わす。

彼らの本当の目的が白米だとは思ってもいないだろう。

「それでアウグスト、お前はどうする?」

「俺は……」

ランスに握手を求められるが、アウグストは答えられない。

今ギュスタに会えば、きっと父親を思い出してしまう。

涙して抱きつき、甘えてしまうに違いない。それを恐れているようだ。

「お前は来ると思っていたが。まあいい、では行くぞ」

ランスは踵《きびす》を返し、店を出ていく。エグザとグスタは何度もアウグストを振り返るが、彼は俯いたまま視線を合わせようとしなかった。

ランスの後に続いて二人が店を出て、扉が閉まる。その時――

「ぐっ！　俺は俺だ。アリューゼじゃ……親父じゃない」

〝自分のもの〟を持たないアウグストは、苦悩の声を漏らす。

彼が今手にしている全てが、父の残したもの。彼は唯一無二の、自分だけの何かを欲していた。

その一方で、父のようになりたいと願う子供でもあった。相反する二つの想いの間で身動きが取れなくなっていたアウグスト。

しかし、彼は変わろうとしている。友を得て、師を得ようとしている。

「ランス様！　俺も行きます！　連れて行ってください！」

店の扉を力強く開き、声を上げた。アウグストは今まさに、大きな父の殻から抜け出した。

そして、唯一無二の自分を目指して歩き出す。

エグザとグスタは嬉しそうにその様子を見ている。

そんな感動的な旅立ちの場面に、店主が申し訳なさそうに割って入った。

「あの……代金がまだ……」

アウグストは金貨を入れていた革袋を掴むと、丸ごと店主に手渡す。

「俺の金じゃないからな。全てやる。今まで世話になった礼だ」

「あ、ありがとうございます！」

喜ぶ店主に微笑み、彼らは歩き出す。

アウグストは、名誉も金も、全てを置いていくことにしたのだった。

◇

壁の建設は着々と進んでいる。それに伴って、僕も色々と忙しくなってきた。

冒険者ギルドができるまで、カエデ達と一緒に領地の魔物退治だ。

カエデやヴィクトリアさん達と協力すればすぐに終わるんだけど、隣のアウグストの領地からの魔物の侵入が続いていて困ったものだよ。ちゃんと統治できてるのかな？

「お兄様～。こんな魔物がいたよ～」

今も、アウグストの領地に行っていたモニカが、大きな魔物を担いで戻ってきたところだ。あんなのがいる領地……ちゃんと管理してよ。

そんなことを考えていると、国境にランスの一団が現れた。

僕はすぐにお父様に知らせに戻って、屋敷で彼らを迎えた。


「ようこそ、ウィンスタへ。今日はどういった用件で？」

「ああ。父上に言われてやってきた。こちらでしばらく世話になる」

お父様にそう答えたランスの背後には、アウグストとその仲間の姿がある。

「……ヘイゼルフェード王が？　まさか本当に……」

お父様は驚愕して頭を抱えるが、何か知っている様子だ。

「お父様、これはどういうことなんですか？」

僕はこんな話聞いていなかったので、理由を尋ねると、お父様は苦笑しながらも口を開いた。

「実はな。建国の話の時に、シュタイナー君との会話の中でランスの話もしたんだ。そこで王が面白がってランスを修業に出すと提案してきた。私はその場限りの話だと思っていたんだが、本気だったようだ」

「じゃ、じゃあ。ランスがうちに？」

お父様は頭を抱えながらも頷く。それって、勇者であるランスがウィンスタに属するってことだよね。大丈夫なのかな？　国と国のバランスみたいなものが崩れるんじゃ？

「ウィンといったな。今はウィンスタの王子となるのか」

お父様とひそひそ話していると、ランスが僕に近づいてきた。

「すぐにシュタイナーを出せ」

「……」

シュタイナー君に言われていたことを覚えていないのかな、この人。

「早く出せ」

黙っていると、ランスは僕を睨みつけてくる。

しかし、それを良しとしないシュタイナー君が気配もなく現れ、ランスの背後から首筋に半透明のナイフを這わせた。

「ここにいますよ、ランス！」

そういえば、魔物を狩るためにみんなを出していたんだよね。

「……早いな」

冷や汗をかきながらも笑みを浮かべるランス。シュタイナー君は青筋《あおすじ》を立てて怒っている。

農場の世界のみんなは、僕を守るためにスキルになってくれたくらいだから、僕への敵意は許せないんだろうな。

「あなたは何も学ばなかったんですか？」

「冗談だ。本気にするな」

「この勇者のアザを切り落として差し上げましょうか？」

ランスの横柄《おうへい》な態度に、シュタイナー君が殺気を放つ。

それをまともに受けたランスが、滝のような汗を流している。

「もう大丈夫だよ、シュタイナー君」

「ウィン様がそう言うなら。しかし、ヴィクトリアが許さないかもしれませんよ」

「え？」

シュタイナー君はナイフを収め、僕の後方を見つめた。

そこでは、槍を掲げて黒い殺気を放つヴィクトリアがこちらを見ていた。

「と、とにかく、今日は色々と話があってやってきた。戦いではないので安心してくれ」

ピリピリした空気になりつつある中、アウグストの取り巻きの一人が場を取《と》り繕《つくろ》った。

「では、資材置き場にしているあの天幕に行きましょう。あそこで十分でしょう」

苛立《いらだ》ちを隠す様子もないシュタイナー君が、案内しはじめる。

壁や家の建材置き場に使っている大きなテントがあるんだ。雨に降られると建材がダメになってしまうからね。

そんな保管庫みたいなところに通されるという屈辱《くつじょく》を受けて、明らかにランスとアウグストの顔が怖いよ。二人ともシュタイナー君の背中を睨みつけてる。

「そんなに睨んでも倒せませんよ。早くついてきなさい」

その視線に振り向きもせずにシュタイナー君はさっさと行ってしまう。

指をクイッとして呼びつける仕草に、ランスとアウグストはますます苛立つ。シュタイナー君も挑発しすぎだけど、それにまんまと引っかかる二人も滑稽《こっけい》だよ。

「本当に話すの、ウィン？」

心配してカエデが声をかけてきた。彼女も、ヴィクトリアさんよりはましだけど不機嫌だ。

僕もランス達の態度には腹が立ったけど、みんなを見て冷静になれた。自分の代わりに怒ってくれる人がいると、冷静になれるな～。

「うん。ヘイゼルフェード王が勇者を手放してでも何か得るものがあると判断したんでしょ。それって、僕らの王国が凄いってことだからね」

「なんだか、利用されているような気がするけど」

「少しでも新しい国を作ったってことが知られれば、それでいいんだ」

カエデは腑に落ちない様子だけど、宣伝って凄く大変なことだ。

それをヘイゼル王国がタダでやってくれるなら、むしろありがたい。

「ウィン様がそう言うのであれば、私達は文句ないですが、なんであの子達も？」

エレクトラさんが怪訝《けげん》な顔でアウグスト達を指さした。

そうだね。なんでお隣の領主の彼まで来てるのかな？

「さっきから、アウグストはウィンのお父様を見てるよ。何かあったのかな？」

「あ、本当だ」

カエデが指摘した通り、資材置き場のテントへと歩いていくアウグストは、チラチラとお父様に視線を向けていた。なんだか餌を欲しがる小鳥みたいに感じるのは僕だけかな？

「あれは憧れね。尊敬とも言えるけど」

「憧れ……」

エレクトラさんが推測を話した。

この間の戦いで憧れを抱いてしまったってことかな。まあ、お父様はカッコいいしね。

「ウィンだってカッコいいよ」

「ありがとう、カエデ」

誰かに憧れられるよりも、カエデに好かれるだけで僕は十分です。

建材を椅子にして、ランスの話を聞くことになった。

シュタイナー君はお父様に代わってランス達に問いかける。

「それで？　具体的に何しに来たんです、ランス」

「父上――ヘイゼルフェード王は、私に勉強してこいと言った。国づくりを一から見てこいと」

「なるほど。来るのはいいとして、何ができるんです？」

「……魔物を狩ることはできる」

「お前達は？」

ランスは勇者だから魔物を倒すことくらいはできる。アウグスト達はといえば、首を横に振るだけ。つまり何もできない。

「タダ飯食らいですね。さしずめ、アウグスト達は白米が目当てでは？　あれは美味しいですからね」

シュタイナー君の指摘が図星だったようで、アウグストの取り巻きの二人は冷や汗をかいている。

「何もせずに飯を食べられると思わないことだな。しかし、なぜアウグスト達も一緒なんだ？　エグザとグスタだったか？　確か皆、領地を持っている貴族だろう。自分の土地はどうした？」

お父様の質問に、取り巻きの二人は俯くばかり。代わりにアウグストが口を開く。

「二人は跡取りだから、領地の管理は親がやっている。俺も元々王都に住んでいたから大丈夫だ。それで今まで問題になったことはない。領地のみんながよくやってくれている」

アウグストの答えに、お父様は頭を抱えた。

「自分の領地も統治できないくせにここに来たのか！　アリューゼ様がこの姿を見たら何を思うのか……。考えるだけで悲しくなる」

「お、親父は関係ない」

「そう思うのであれば、自分の領地をよく見てみろ。最近、お前のところから魔物が多く流れてきているぞ。魔境でもできているのではないか？」

「魔境？」

「その魔境というのは？」

アウグストだけでなく、シュタイナー君も聞き覚えがなかったらしく、お父様に尋ねた。

「この土地に馴染みのないシュタイナー君達が知らないのは無理もないか。魔境というのは魔物の巣のことだ」

ヘイゼル王国が平和な一因は、魔境が存在しないからだとも言われている。

魔境っていうのは、大量の魔物が集まる巣みたいなもので、魔物のこぼす魔素が洞窟《どうくつ》などに溜まって形成される。

ヘイゼル王国は戦争がなくて、魔物が現れたらすぐに倒せる状況だからこそ、魔境はできなかった。王都には冒険者ギルドもあって、平和なおかげで多くの冒険者が集《つど》っているから、防御は完璧なんだ。

でも、アウグストの所は、領主である彼が外をほっつき歩いているせいで、領地の状態が悪くなっているのかもしれない。魔物が少しでも放置されれば、魔素が溜まる。魔素を多く含んだ土地は魔境を生み出しやすくなって、良いことなしだ。

ただ、一攫千金を狙う冒険者は集まるかもしれない。

平和でも荒れていても集まる冒険者か……あまり良いイメージはないな。

「魔物を放置すると、魔素が溜まって魔境が生まれてしまう。だから、魔物が現れたらすぐに討伐するのも領主の役割だ」

お父様の説明に納得した様子のシュタイナー君が尋ねる。

「なるほど。では、領主がいないと討伐の指示は？」

「討伐の賞金の管理も領主の仕事に含まれているからな。滞《とどこお》っているだろう」

そうか、領主の了承がないと何もできないのか。

お父様達の話を聞き、アウグストの顔がだんだん青くなってきた。

「そこは母さんが許可を出しているはず……」

「領主代行では多くの金が動かせない。貴族のルールも知らないのか！　魔物討伐の依頼料は、魔物の強さ次第で変わる。ゴブリンでも集落を作られてしまうと、それ相応の金額になるんだ」

「そういえば、一度戻るように言われていた……」

アウグストが消え入るような声でそう呟いている最中、ドスン！　と地面が揺れた。

急いで天幕を出て、音の方へ向かうと、モニカが巨大なトカゲを持ってきていた。下手すると家よりも大きいかもしれないな。

「サラマンダーじゃないか⁉　モニカそれをどこで？」

「あっちから来たよ〜」

お父様とモニカの会話を聞いて、ランスとアウグスト達が呆然としている。

「こ、こんな子供がどうやって……」

「戦争の時もそうだったが、強いんだな……」

モニカみたいな小さな子がこんな大きなサラマンダーを仕留めたってなると、普通は驚くよね。

僕らは日常なのでもう慣れました。

エグザとグスタはモニカに釘付けだ。妹に色目を使うなら帰ってもらうからね。

モニカが示した方向はやはりアウグストの領地だった。建物よりも大きな魔物が跋扈《ばっこ》する領地は危険すぎる。隣の領地とはいえ、見過ごせない。

「本当に魔境ができてしまったようだな。すぐに魔境の破壊に向かおう」

「ちょ、ちょっと待ってくれ。俺も行かせてくれ。母さんが心配だ」

ようやく事態の深刻さに気がついたアウグストが、お父様に続く。

「もちろん来てもらう。お前の領地なんだからな」

僕らはランス達を伴ってアウグストの領地に向かう。まずは領主の屋敷に行って、事情を聞こう。

僕らの領地にはエレクトラさんが待機してくれる。彼女なら回復も攻撃もできるので、魔物が来ても領民のみんなと連携して戦える。

そういえば、回復魔法ってどこまでできるんだろう？　ゲームだと、僕がやられた時に蘇生《そせい》を使えたけど……まさかね。

そんなことを考えながら、僕達は走ってアウグストの屋敷へと向かう。

ランスはさすが勇者だけあって、僕らがそこそこ速度を出してもついてこられるようだ。

しかし、アウグスト、エグザ、グスタの三人はそうもいかず、担いで運ぶはめになった。

「なんで私がこんな者達を……」

「ウィンに持たせるわけにもいかないでしょ。我慢して」

愚痴をこぼすヴィクトリアさんを、カエデが宥める。

ランスがエグザを担いで、お父様がアウグスト、ヴィクトリアさんがグスタを担いでいる。

アウグストとエグザは情けない顔をしているが、グスタは少し嬉しそうだ。美人におんぶしてもらえたら、そうなるよね。

「こんなことなら、私が残ればよかった」

「エレはうまくやったわね。最初からこうなるって予想していたのかしら」

走りながら雑談を続けるエレクトラさんとヴィクトリアさんに、シュタイナー君が声をかける。

「私が持ちましょうか、ヴィクトリア？」

「そ、そんな。シュタイナー様にこんなものを持たせるわけには」

「大丈夫ですよ。【騎士隊召喚】」

シュタイナー君が半透明な騎士隊を召喚する。

騎士達は三人を受け取って担ぎ上げると、列の最後尾についた。

「シュタイナー様、最初から出してくださいよ」

「ははは、それじゃあ最初からランスに楽をさせることになりますからね。仕方なかったんですよ」

シュタイナー君の答えに反応したのはランスだった。

ランスは顔を引きつらせて睨みつけるが、シュタイナー君は気にも留めない。

その様子を見ていたモニカが、突然ランスの頭を平手打ちした。

「メッ！」

「痛っ⁉　何をする！」

「そんなに睨んじゃダメ！　持ってくれたんだから、お礼を言わなくちゃダメです」

睨まれてもなんのその、モニカはランスの手を取ってシュタイナー君のもとへ連れていく。しかも走りながらなので、凄い速度だ。

【神装】を装備していないランスはついていけないみたいで、モニカに引きずられる形だ。

その姿に、さすがのシュタイナー君も顔を引きつらせて足を止めた。

「モ、モニカ様。さすがに……」

ランスの顔は土だらけ。さすがの勇者もモニカには勝てなかったな。

「バケモノと言われることには慣れていたが、いざ自分以上の化け物に会うと、何も言えなくなるものだな……」

苦々《にがにが》しく呟くランス。

バケモノと言われた勇者か。その勇者にバケモノって思われているって、僕らはそんなに強くなってしまったんだな～。なんだか感慨深い。

「そこまでされて怒らないなんて、あなたらしくない。大丈夫ですか？」

シュタイナー君に指摘されたランスは、何かを我慢するように言葉を紡ぐ。

「ぐっ。これでも自分の立場はわかっているからな」

そんな真面目な悩みもモニカには関係ないようで、容赦なく二人を向き合わせる。

「そんなことよりもお礼言って。シュタイナー君も、ちゃんと聞く」

ランスはモニカに押されるようにシュタイナー君に「ありがとうございます」と伝える。

モニカに「笑顔～！」と言われて仕方なく笑っている。苦笑いだけどね。

まあ、いい薬になるんじゃないかな？

その後しばらく走り続けると、森の中に入った。

「グルルルル」

「ん？　魔物？　囲まれたか」

先頭を行くお父様の前方を、人よりも大きな魔物が塞いだ。

トカゲとも狼とも言えるような見た目で、牙を剥《む》き出《だ》しにしてこちらを睨んでいる。

「ひいぃ！」

「心配するな。片付ける」

縮み上がるエグザを横目に、ランスが剣を抜いて正面の魔物を一閃《いっせん》。樹木ともども切り伏せた。

勇者だけあって、動きは無駄にカッコいいな～。でも、カエデ達には不評みたいだ。

「まったく、木も切ってしまうなんて、雑ね」

「ほんと、もっとスマートに倒せないのか？」

反対方向の魔物はカエデとヴィクトリアさんが音もなく始末していた。

二人の言葉にぐぬぬと堪《こら》えるランス。まあ、彼女達の能力を考えると仕方ない。

「しかし、そろそろ人里に入るというのに、この量の魔物。屋敷も危ないのでは？」

シュタイナー君が真面目な顔で懸念を示すと、アウグストが目に涙を溜めて狼狽する。

「そんな……母さん」

さすがに家族が危ないって時には涙を流せるんだな。お父様に言いがかりをつけて争いを起こそうとしていた人物とは思えない姿だよ。

「アウグスト。そんな大切な家族を、お前は守れなかったんだ。今回は助けてやれるが、今度からは自分で守るんだぞ」

お父様の言葉にアウグストは無言で頷いた。

「こういう時は、ちゃんとありがとうって言うんだよ」

モニカにお説教されたアウグストは、苦笑いしながら再び頭を下げた。

「……ありがとう」

モニカに優しく頭を撫でられ、アウグストは照れ臭そうに頬を赤く染めている。

優しい妹を持って僕は幸せだ。

僕らは再度、アウグスト達を担いで森を駆け抜ける。

徘徊《はいかい》する魔物は、シュタイナー君の騎士やカエデとヴィクトリアさんが始末した。

死骸をそのままにしていると魔境になってしまうので、シュタイナー君の騎士が集めて持ってくることになった。後で【僕だけの農場】に転送しておこう。

魔物って、お父様の領地にはほとんどいなかったから、こんなに面倒くさいものだとは思わなかったよ。もちろん、たまに見かけることはあって、倒して燃やして処理していたんだってさ。燃やせば魔素は空に還っていくそうだ。

魔素って、魔法を使う時にも必要なものなのに、放っておくと魔境っていう危ないものにもなる。大地は魔素を使って魔境を作ってしまうってことでしょ？　空は魔素を悪いことには使わないのに、なんで大地はそうなってしまうんだろうか？　不思議です。

森を抜け、僕らはようやくアウグストの屋敷に着いた。

屋敷は街の中にあって、平和そのものだ。

幸い、魔物がいたのは森の中だけで、草原に出た途端に魔物はいなくなった。

森があれだけ魔物で溢れていたんだから、草原でも狼やゴブリンみたいな魔物がいてもおかしくないってお父様は言っていたけど、結局一匹も出なかった。

やっぱり、この領地はなんかおかしいみたいだ。

アウグストは屋敷の前で掃除していた片眼鏡の執事さんに話しかけた。

「ツカーソン！」

「!?　これはこれはアウグスト様!?　ど、どうされました？」

突然のアウグストの帰還に、ツカーソンと呼ばれた執事さんは、慌てている様子だ。

「どうしたじゃない！　森に魔物が徘徊していた！　魔境があるんじゃないのか⁉」

「アウグスト様。どうか落ち着いてください」

「これが落ち着いていられるか！」

「……クレース様が病に倒れております」

「母さんが⁉」

それを聞いた瞬間、アウグストは扉を勢いよく開けて中に入って行ってしまった。

僕らも玄関ホールの大きな階段を上って後を追う。

「母さん！」

「あらあらあら？　どうしたのアウちゃん。そんなに血相を変えて」

アウグストが駆け込んだ部屋では、女性がベッドに横たわって本を読んでいた。

驚く女性の姿を見て、アウグストがほっと胸を撫で下ろす。

「母さん。俺も成人して結婚できる歳だ。アウちゃんなんて呼ばないでくれよ」

「あらあら、私からしたら、アウちゃんはいつまでもアウちゃんよ。ふふふ……」

その女性――クレースさんは、そう言ってベッドの横にある椅子に座るアウグストの頭を撫でた。

そこでようやく、クレースさんは僕らに気づいたようだ。

「あら？　あの方々は？　アウちゃんのお友達ね！　こんにちは」

「か、母さん……」

クレースさんは顔を輝かせて微笑んだ。凄く嬉しそうだ。

恥ずかしそうにしているアウグストは新鮮だな。

「すぐにお菓子を。……ゴホッゴホッ」

僕らがお辞儀をすると、彼女はベッドから立ち上がろうとするが——咳き込んで血を吐いてしまう。

「母さん!?」

いつものことなのか、すぐに執事さんがやってきて、クレースさんへと薬を差し出す。

「クレース様！　お薬の時間です」

クレースさんも血を気にも留めずに薬を飲んでいく。

「ありがとう。……ツカーソン、皆さんを」

「はい、クレース様。皆様。クレース様はお休みになります。食堂にお食事を用意いたしました。どうぞそちらに」

執事さんに言われるまま、僕らは食堂へ。アウグストは心配なようで、クレースさんから離れないみたい。僕もお母様が病気になったら心配で外になんか行けないから、気持ちはわかる。

食堂に着くと、テーブルの上に多くの料理が並んでいた。僕らが来てから用意したなら、凄い速さだ。

「ご自由にお食べください。では、私はクレース様のところへ」

ツカーソンはそう言って食堂を後にした。

「客人を放置？　なんだかおかしな執事ですね」

パンを一つ掴んでシュタイナー君が呟く。確かに変だな。主人が病気っていうのもあるだろうけど、それでも客人を放置はおかしいよね。大体、他の使用人も見当たらないし。

「アウグストが来るまで、くつろいでいましょ」

「そうだね」

カエデと椅子に座って、用意された料理を見回す。ボドさんの料理には劣るけど、致し方なし。

モニカとヴィクトリアさんがパンを一口かじるが、二人とも怪訝な顔でパンを見つめている。

「美味しくな～い」

「ん～？　これって……」

ジャムのような紫色の蜜《みつ》がパンに入っていて、垂れてきている。

一方、シュタイナー君は顎を抑えて何か考え込んでいる。

「もしや、クレースさんはこれで……」

気になって声をかけようと思ったら――

「母さん⁉」

――クレースさんの部屋の方から、アウグストの声が聞こえてきた。

同時に、外套《がいとう》を深くかぶった男達が食堂に乱入してくる。

「お前達は？」

「……」

お父様が問いかけたが、男達は返事の代わりにナイフを懐から取り出した。

「ふむ、今から死ぬ相手に、名乗る必要はないか？」

でも、なんでこのタイミングで？　もしかして、パンに入っていた紫色の蜜は毒？

モニカとヴィクトリアさんは少し口に入れていたけど、心配はない。

ステータスが爆上がりしているから、並大抵の毒じゃ僕らには効かないよ。

「ここは私にお任せください。ウィン様はクレースさんのところに」

「じゃあ、ヴィクトリアさん。お願いします」

僕はヴィクトリアさんに頷いて部屋を出る。

「俺達にもやらせてくれ」

「担がれてばっかじゃないってところを見せてやる」

エグザとグスタも残るみたいだ。お荷物でしかないから、ヴィクトリアさんが大変なだけでしょ。

「お兄様！　私もヴィクトリアお姉ちゃんと一緒にいるね」

「モニカ？　大丈夫？」

「うん。みんなを守る」

モニカが二人を心配して残ってくれるみたいだ。モニカにとってはエグザとグスタも友達ってことなのかもね。

寝室では、アウグストが口から血を流すクレースさんを抱きかかえていた。

さっきまで元気に話していたクレースさんは、まるで人形みたいに腕をだらんと垂らしている。

息をしている様子がまるでない。

「アウグスト様。お気を確かに、水でも飲んで落ち着いてください」

「あ、ああ。すまない、ツカーソン……」

「――ちょっと待った」

ツカーソンが差し出した水を、突然シュタイナー君が奪い取った。

「この水には毒が入っている。違いますか？」

シュタイナー君が水を掲げてそう言うと、ツカーソンは狼狽《うろた》えて離れていく。

「どういうことだ、ツカーソン。説明しろ！」

信じられないといった様子のアウグストを横目に、シュタイナー君が推理を続ける。

「あなたはクレース様に毎日少しずつ毒を飲ませていたのでしょう。しかし、アウグストがこちらに来たことで焦ったあなたは、大量に毒を混ぜた薬を飲ませた。そして、次はアウグストを……」

「⁉　本当なのか、ツカーソン！　親父の古い友人でもあるお前が、なぜ⁉」

ツカーソンは口角を上げる。

「毒など、そんなわけがないじゃないですか、アウグスト様。私はアリューゼ様をお慕いしていたのですから」

彼はアリューゼ様を慕っていた。確かにそう言っている。でもアウグストのことは……？

「ツカーソン……。確かに俺は人に慕われるような領主じゃなかった。だけど、母さんは違うだろ。なぜ母さんを」

「……アウグスト様。信じてください」

「信じたい。だが……」

アウグストはツカーソンから顔を背《そむ》ける。彼は僕らを信じてくれているみたいだ。

「ちなみに、あなたの部下は今頃、ヴィクトリアさんとモニカが拘束しているはずだよ。この場で白状しなくても、少しすればわかることだけど」

僕の言葉を聞いて観念したのか、ツカーソンがため息とともに語りはじめた。

「……なるほど。即座に毒を見破り、部下の襲撃も退けてみせるとは……ずいぶん優秀な方々だ。せめてその半分の才覚でもアウグスト様がお持ちなら、こんなことにはならなかった。アリューゼ様がご存命なら……私の好きになぞさせなかったでしょうに！」

ツカーソンは口惜しそうに歯を噛み締めながら、アウグストを睨んだ。

今の言葉が本心のものかは僕にはわからないけど、アリューゼ様への忠誠心が高すぎるあまり、不甲斐ないアウグストに憎しみを募らせて、この凶行に及んだのだろうか。

「こうなった以上、この屋敷にはいられません。私はしばらくお暇《いとま》させていただきます！」

そう言って、ツカーソンが窓を破って逃げ出した。

「逃がさん！」

しかし、お父様が瞬時に飛び出して、空中でツカーソンの首根っこを掴むと、地面に叩きつけて拘束した。

「はぁはぁ。なんて速さだ。しかし、もう遅い！　クレース様は死んだ。後はアウグストを殺せば」

「ツカーソン、クレースさんは死んでいませんよ」

窓から下を窺うシュタイナー君と、ツカーソンが言い合いになる。

「なっ！　嘘をつけ！　確かに死んだはずだ」

確かにクレースさんは息を引き取ったように見えた。

そう思ったのも束《つか》の間《ま》、シュタイナー君の召喚した僧侶隊が、クレースさんに魔法をかけた。

「こ、ここは？　私はどうしたの？」

どうやら、シュタイナー君達が使う回復魔法は蘇生までできるらしい。

多分エレクトラさんもそれができる。反則中の反則だ。

「ツカーソン？　そんなところでどうしたの？」

「!?　クレース……様」

窓から顔を覗かせるクレースさんの姿を見たツカーソンは、呆気《あっけ》に取られて顔を青ざめさせる。

彼は自分が負けたことを悟ったようで、ワナワナと震え出した。

お父様が冷たく言い放つ。

「おしまいだ、ツカーソン」

「……ああ、おしまいだ。何もかもな！」

ツカーソンのその言葉と同時に、地鳴りが発生した。

それは徐々に大きくなっていき、少しすると獰猛《どうもう》な魔物の声が聞こえはじめる。

「ははは！　魔境は完成している！　すぐに魔物で溢れるだろう！　全員死ぬんだ！　は～っはっ

はっは」

高笑いを始めちゃったよ。勝った気でいるみたい。

「あれ？　終わっちゃった〜？」

「こちらは骨のない奴らばかりでしたよ」

モニカとヴィクトリアさんが、屋敷の外へ出てきた。カーテンを使って十人ほどの男達を縛り上げて引きずっている。

「ははは！　俺達も大活躍だぜ！」

「一人倒した」

エグザとグスタも捕縛《ほばく》できたみたいだ。自慢げに話しているけど、モニカとヴィクトリアさんと違ってどうにか一人って感じだな。まあ、今は褒めておこう。

「全員死ぬんだ!!」

「うるさいわね、この人。ちょっと寝てなさい」

いつの間にか外に出ていたお母様が、喚《わめ》くツカーソンの首の後ろを叩いて気絶させた。どこかの暗殺者みたいだな。

僕らの力で首に手刀を見舞ったら頭が落ちそうだけど、うまく調整したみたい。さすがお母様だ。

ドドドドド！　地鳴りはどんどん大きくなり、僕らが来た方角から土煙が立ちはじめた。

恐竜のような鳴き声も聞こえてくる。

「何が起こっているの、アウちゃん」

「母さん。心配しないで。みんなが助けてくれる」

アウグストが涙目で僕達を見つめる。それを見て、ランスが一言。

「アウグスト、お前も来い。私の連れなのだから、恥をかかせるな」

アウグストも気がついたみたいで立ち上がる。

助けてもらうばかりじゃダメだって思い至ったみたいだ。少し見直したよ、勇者様。

「魔物さん、いっぱ〜い！」

「つまらない者を相手にしていたから、ちょうどいい！」

土煙の出ている方向を、モニカとヴィクトリアさんが楽しそうに見つめている。

かなりのやる気を滾《たぎ》らせる二人を見ていると、なんだか魔物達が気の毒になる。

みんなで協力して魔物の群れを迎え撃つ。

一方向からしか来ないので、そんなに危なくはないだろう。

「ウィン。任せて！」

「お兄様〜。カエデお姉ちゃんと先に行ってるね〜」

カエデと一緒にモニカが先行した。それを見てお母様とお父様が楽しそうについていく。

「ふふ、楽しそうね。私も先に行くわね、ウィン」

「なんだか懐かしいな、この感じ。冒険者をしていた時以来だ。ウィン、遅れるなよ」

まだまだ若いお父様は、暴れたいんだな〜。

「お前達、離れるなよ。離れたら死ぬぞ」

ランスもアウグスト達を引き連れて走り出す。勉強のためにもみんなで行くみたいだ。

結構大きな魔物が多いから、彼らには危険かもしれない。

少しだけ心配していると、ヴィクトリアさんとシュタイナー君が横を通り過ぎていく。

「安心してください、ゴッド！　私も彼らを見ています。それに――」

「私の僧侶隊がいるので安心してください。万が一死んでしまっても、時間が経っていなければ生き返らせられます」

総出で魔物討伐。安心感しか存在しないよ。

ちなみにツカーソン達はシュタイナー君が召喚した騎士隊が見張っているので、これも安心。

彼らもシュタイナー君のステータスの影響で凄く強い。本当にチートだな、シュタイナー君は。って、僕もか。

「でかい！」

僕が到着すると、森の中にはすでにいくつもの死骸が転がっていた。

車程度の魔物から一軒家、さらには城くらい大きな魔物までいる。さっきモニカが引きずってきたサラマンダーとかいう奴の姿も、いくつか存在してる。

「全部農場に送ろう」

魔物の死骸が多すぎて持っていけないので、僕が集めることにした。せっかく倒したんだから、何かに使いたい。いくらでも入るアイテムバッグみたいに使えるのも、僕のスキルのいいところだ。

「グルルルル」

「ん？　ああ、すり抜けてきたんだね」

狼の魔物が僕を威嚇《いかく》してくる。こっちとの力の差を感じられない魔物は、可哀想だな。

いくら噛みついても僕は倒せないのに。

大きな口を開いて飛びかかってきた狼に応戦しようと、短剣を構えたその時——

「ウィン！」

一瞬の輝きと共にカエデが狼を両断した。刀の達人の技は目に見えないほどの速度だ。

「もう、ウィン。油断しすぎ！」

カエデが頬を膨らませて不満を漏らす。

「ありがとう。でも大丈夫だよ。僕も強いんだからさ」

「強いのは知ってるよ。だけど、傷ついてほしくないの」

涙目になるカエデ。自分も彼女に同じようなことを言ったのに、傷つく姿を見せてしまいそうになっていた。失敗失敗。

僕はカエデの涙を指で拭う。

「ごめんね、カエデ。でも、もう大丈夫。泣かないで」

「きゃ！　ウィン？」

ぴょいっとカエデをお姫様抱っこする。背が足りないから、かなり低いのはご愛嬌だ。

「ウィン、大好き！」

カエデは瞳をウルウルさせて僕にしがみつく。

「お兄様～。静かになりました～」

カエデと抱き合っていると、モニカが戦闘の終わりを告げてきた。

「あ～ずる～い。私もお兄様にお姫様抱っこしてほし～」

「モニカ様。今は私の番です。次にしてくださいね」

モニカが羨ましがるが、今はカエデも譲れないみたいなので、しばらくこのままお姫様抱っこ。

「モニカも次にやってあげるから、待っててね」

「やった～。お姫様抱っこ～」

モニカは嬉しそうにぴょんぴょん跳ねる。

襲ってきた魔物の群れは、無事に殲滅《せんめつ》した。

仕留めた魔物は全部【僕だけの農場】の中。いつか役に立つ時まで保管かな。

約束通り妹をお姫様抱っこして、魔物を農場に送っていると、ランスが報告にやってきた。

「魔境を見つけたぞ」

魔物から出る魔素が作り出す魔境——そんな不思議空間をこの目で見られるみたいだ。

僕は少しワクワクしながら少し速足でランスの後をついていく。

「あんた達、本当に凄いな。あれだけの魔物をおもちゃ扱いした上に、マジックバッグみたいなこともできるなんて、最強かよ」

「そんな相手に喧嘩《けんか》売るとか、うちのアウグストはランス様よりも勇者だな、ニヒヒ……」

魔境への移動の最中に、エグザとグスタが感心した様子で言った。

二人に嫌味を言われたアウグストはさすがに否定できず、顔を真っ赤にして俯くばかり。

そういえば、エグザ達の会話にマジックバッグという単語が出てきた。どうやらこの世界にもどんな大きさの物でも入るバッグ――マジックバッグがあるらしい。

しばらく森の中を進むと、お父様が足を止めて前方を指さす。

そこには二本の巨木の間に挟まれた大きな扉があった。扉だけで一軒家ほどの大きさはあるだろうか。

「お父様、あれが魔境ですか?」

「ああ、木の魔境だな。それほど強い魔物は出ないものだな」

「なっ⁉ あれで強くないっていうのかよ?」

「一般人はお断りってことか……」

一般人代表のエグザとグスタが驚いている。

「通常は軍隊規模でないと魔境を壊すことはできないからな。そもそも魔境を作らないようにするのが治める者の責任だ」

「すまない……」

ため息交じりのお父様の言葉を聞き、さすがのアウグストも肩を落として謝っている。

まあ、彼が領地を放置していたのは、ツカーソンが裏で糸を引いていたのが理由かもしれないから、一概にアウグストだけが悪いとは言えない。

お父様も同じ考えのようで、アウグストを宥める。

「まあ、今回は仕方ない。ツカーソンが色々と暗躍《あんやく》していた可能性が高いしな。〝アウグスト様がいなくても領地は滞りなく回っています〟とか何とか言ってお前を領地から遠ざけていたんだろう」

「確かに……そう言われていた……」

「まあ、統治っていうのは大変だ。君もまだまだ若い。失敗から学びなさい」

お父様はアウグストの肩を叩いて慰めると、みんなに向き直った。

「さて、全員で行くか？」

「私は待機していますよ。別の空間に行くことで、ここに残した私の兵士達にどんな影響があるかわからないので」

シュタイナー君の半透明の兵士がツカーソンを拘束し、クレースさんを守っている。

不測の事態によって、取り逃がしたり、クレースさんを危険に晒したりするわけにはいかない。

「では、シュタイナー君以外で突入だな。こんなに少数での魔境攻略は初めてのことになるだろうな」

僕、カエデ、お父様、お母様、モニカ、ヴィクトリアさん、ランス達四人、合計十人でも少数なのか。ゲームだったら一パーティ六人くらいだけど、現実的に考えると全然少ないんだな。

「何しろ、アリューゼ様には〝魔境を攻略するには国を制圧する規模の戦力を用意しろ〟と言われた。それほどまでに厳しい戦いが待ち受けていると考えられるが、私達なら大丈夫だろう」

本当にアリューゼ様は色々なことを教えてくれたんだな。お父様の師匠と言っても過言じゃないな。

「親父は色んな人に影響を与えていたんだな。それなのに俺は、ランス様まで巻き込んで……」

落ち込むアウグストに、ランスが声をかける。

「まあ、そう気を落とすことはない。失敗して前を向くことができた。それでいいんじゃないか？　私はお前に期待しているぞ。失敗した人間は、していない人間よりも強くなるからな」

「ランス様……。ご期待に応えられるように精進いたします」

反省しているならいいんだけどさ、無用な戦争を起こそうとしたっていうのは、為政者として許しちゃダメだよ、ランス。まあ、そのおかげで僕らは独立できたんだけどね。

「それでは行こうか。入ってすぐに魔物はいないだろうが、用心するように」

お父様が先頭に立って魔境の扉を開く。

門の中にはここと別の世界が広がっている。意外と普通の草原が見えてホッとしていると、突然お父様が剣を抜いて走り出した。

「――っ!?　先に行くぞ！　みんなはちょっとここで待っていろ！」

「あなた!?」

それを見たお母様もすぐに追いかけて扉に飛び込んだ。初っ端《しょぱな》からバラバラで、大丈夫かな？

「何があったんだ？」

「何だか怖いんだが……」

怖気づくエグザとグスタの耳をランスが掴んで中へと進んでいく。

「私が守ってやる。安心しろ。アウグスト行くぞ」

「「いたたた」」

ランスと愉快な仲間は走り去ることはないみたいで、安心して僕らも続く。

「なんだか楽しそう～。お兄様とカエデお姉ちゃんと探検～」

僕はカエデとモニカと手をつないで仲良く扉をくぐる。

少しすると、先に魔境へと入って行ったお父様とお母様が戻ってきた。

「そこそこいたな」

「そうね」

どこへ行ったかと思ったら、魔物を見つけて倒しに行っただけだったみたいだ。

「ところで、お父様。魔境ってどうやったら消えるの？」

「ああ、そういえば説明していなかったな。その魔境の〝核〟を持つ魔物を倒せば消えるんだ。複数の弱い魔物が核になっている場合もあれば、一体の大きな魔物が持っている場合もある。特に前者では軍隊での人海戦術が有効だな」

なるほど、核があるわけね。小さな魔物が核になっていたら、確かに人数がいた方がいいね。

でも、その予定でやってきて大きくて強い魔物に出くわしたら大惨事《だいさんじ》だな。想像しただけで地獄だね。

「では、俺は大きな魔物を狩る」

「じゃあ、俺達は小さい、本当に小さいのを……」

ランスが大きいのを狩ると宣言すると、グスタがオドオドしながら続いた。

「まあ、無理をしないように狩ってくれればいいよ。無理そうだったら、ヴィクトリアさんに」

「また私が子守ですか？」

僕が視線を向けると、ヴィクトリアさんは少し不満そうに肩を落とした。

さすがに彼女にばかり任せすぎかな？

「ヴィクトリア、今回は私がやるわ。あなたはウィンとモニカちゃんをお願い」

「カエデ！　いいの？」

「うん。私ばかりウィンのそばにいるから……でも、今だけだよ」

「ありがとう、カエデ～！」

ヴィクトリアさんはそう言って、嬉しそうに僕の横に来た。なんだか恥ずかしい。

「じゃあ、散開だ。少ししたら集合の合図を出す。その時にこの扉の前でな」

お父様が合図を出してくれるみたいだ。

魔境っていうのはダンジョンみたいな造りだな。扉がゲートの役割をして別世界へと移動できる。

【僕だけの農場】もゲームみたいだけど、こちらの世界もゲームじみてきた。

魔境の世界も、僕に農場をくれたあの神様が作り出した世界なのだろうか？　謎だ。

「よ～し！　みんなよりも早く核っていうの倒す～」

「僕も張り切っちゃおうかな。森の時はみんなに任せていたからね」

張り切るモニカに合わせて僕も頑張ることにした。

魔物って比較的怖い顔の奴が多いから、嫌なんだよな～。攻撃されてもダメージなしなので気楽にできてしまうのも、真剣さが欠けて良くないよな～。まあ、怪我がなくていいんだけどね。

「一度跳んでみようか」

「うん！」

草原で見晴らしが良いと言っても、背の高い草木や地形の起伏はある。隠れている魔物がいるはずだ。

ということで、モニカとヴィクトリアさんと一緒にジャンプして、空から確認する。

遠くにお父様とお母様が見えて、その少し後方にランス達がいる。

離れた所に木の砦のようなものが見える。お父様はあそこに向かっているみたいだ。

「あっちはお父様達が行くから大丈夫かな？　反対の方を見てみよう」

反対側に目を向けるために空中で体を捻《ひね》ると、モニカが叫んだ。

「お兄様！　鳥さんがこっちに来るよ～！」

その瞬間、「ギャア！」という鳴き声とともに僕の体に衝撃が。

「プテラノドン!?」

モニカは鳥と言っていたけど、鳥にしては体つきがアンバランスで、肌も鱗に覆われている。

このプテラノドンに、僕は見事に捕獲されてしまったようだ。

「ゴッド～。今お助けします～」

クチバシにくわえられた状態で情けなく下を見ると、ヴィクトリアさんが凄い速さで走っていた。

すぐ横にモニカもいて一緒に僕を見上げながら追いかけてくる。

「は～!!」

気合いの叫びとともにヴィクトリアさんが大きく跳躍して、大きな槍で突きを放った。

片方の翼を落とされたプテラノドンは見事に墜落。

「ギョア!? ギャ～！」

「わ～」

まあ、見事に僕も道連れです。

「こっちだよ～。はい、着地！」

情けなく悲鳴を上げると、モニカがキャッチしてくれた。

さすがはモニカ。こうなることを読んでいたみたいだ。

「お見事です、妹様！」

「ヴィクトリアさんも凄かったよ～。ビュンって私と同じくらい速かった～」

お互いに褒め合う二人。僕はまだ掴まれている惨《みじ》めな姿。

まあ、本気を出せば抜け出せるんだけどね。

「魔物にトドメを刺してっと。大丈夫ですか、ゴッド？」

トドメを刺されたプテラノドンは霧散して消えていく。魔境の中の魔物も、【僕だけの農場】みたいに死ぬと霧散して消えるみたいだ。魔物の素材が得られないのは残念だ。

「ありがと、ヴィクトリアさん。モニカもありがとうね」

「いえ、そもそも捕まらないようにするのが私の役目でした。カエデにバレたら一生ゴッドの隣に立てないかもしれません……。本当に申し訳ないです」

ヴィクトリアさんはかなり落ち込んで、うなだれている。

僕らはそうそう命を落とすようなことはないから、そんなに心配しなくても大丈夫なのにな。

「誰も危険な状況にならなかったから、大丈夫だよ。それより早く魔物を倒して魔境を消しちゃおう」

膝についた汚れをはたいて、辺りを見回す。かなり移動したのに、草原が続いている。

見渡せる範囲をざっと確認すると、魔物が五十はいるね。

特別大きいのは見当たらないし、弱い魔物が複数の核を持っているタイプかもしれない。しらみつぶしに狩っていくしかないな。

「ふう、人海戦術にする理由がわかるね」

「一対多数はエレクトラの方が得意なのですが、私も頑張ります！」

エレクトラさんは魔法を広範囲に放って一気に殲滅できる。

しかも彼女の魔法はゲーム同様仲間に当たらないから、乱戦でも敵をまとめて始末できるのだぞうだ。

僕も魔法を使いたいけど、素質がないから使えない。せっかくのファンタジー世界なのにもったいないな。何とかして無理やり素質を得られないだろうか。

モニカもヴィクトリアさんの真似をして、フンスと鼻を鳴らす。

「僕も頑張るぞ！　行こう！」

二人の頭を撫でて、魔物の群れに走り出した。

一瞬出遅れたヴィクトリアさんも、槍を手に僕とは別の魔物の群れに飛び込む。

モニカも両腕をブンブン振り回して突っ走っていった。

すぐに魔物がその腕に当たって吹っ飛んでいく。

数ばかりで歯応えがない連中をあっけなく一掃し、一息ついて辺りを見回す。

「一通り倒しましたが、核はありませんね」

「お兄様～、こっちもなかったです～」

ヴィクトリアさんもモニカも、核は見つけられなかったみたい。

ってことは、お父様が向かっていた砦が怪しいな。

「カエデもいるから大丈夫だろうけど、急いで合流しようかな」

強い魔物が少数いる場合は心配ないけど、弱いのが大量にいた場合は、どうしても能力が劣るランス達が怪我する可能性がある。

「では！　ゴッド！　この馬に乗っていきましょう」

「馬なんていたっけ？」

「召喚しました」

いつの間にか、ヴィクトリアさんの前に半透明の馬がいた。

召喚できるのはシュタイナー君だけじゃないのか？　ゲームの時はそんなことできなかったはず

だけどな。

「モニカ様も一緒に」

「うん！」

ヴィクトリアさんがモニカを抱き上げて、半透明の馬に乗せる。

大人しい馬みたいで、モニカが首に抱きついても動じない。

「次はゴッドを……遠慮せずに！　はいっ」

恥ずかしかったので断ろうと思ったら、ヴィクトリアさんに抱き上げられてしまった。頬が熱くなって、思わず顔を背ける。

「恥ずかしがらなくても大丈夫ですよ、ゴッド。さあ、行きましょう」

三人で馬に乗り込むと馬は凄いスピードで走り出した。

「私より速～い！」

「馬は走ることに特化した動物ですからね。多少ステータスが低くても私達よりも速いんです」

微笑ましいモニカとのやりとりを見ていると、ヴィクトリアさんが後ろに座っている僕に顔を向けて微笑んできた。

「どうですか、ゴッド！　私、役に立ってますか？」

「あ～……うん。すっごく頼りになるね、ヴィクトリアさんは」

「ん～。はい！　頼りになるんです！」

ヴィクトリアさんは大げさなくらい喜んだ。

そんなに喜ばれるとなんだか申し訳ない気分になる。

僕はそこまで凄い人じゃないっていうのに、彼女達は尽くしてくれる。それが何とも……まあ、美人やイケメンに尽くしてもらえるのはすっごく嬉しいんだけどね。

その分、僕に課せられた課題はでかい。この世界の食事を最高のものにして、ついでに戦争もなくしてしまおうかな。ふっふっふ。

やがて、砦が見えてきた。

見ると、砦の門が壊れている。すでに制圧しているみたいだ。

「お父様！」

「おお、来たか、ウィン。そちらには核はなかったようだな？」

合図の前に合流してきたので、僕らの状況を察するお父様。

「お父様達は？」

「ん～。なかなかでかい奴はいたんだけどな」

「そういえば、カエデ達は？」

「地下室が見つかったから先に行ったわよ」

お母様が砦の建物の中から出てきた。

木造の砦の中に、地下室があるみたいだ。

「ランス達と五人で入っていったの？」

「カエデちゃんが先頭を行っているから大丈夫よ、ウィン。彼女の強さは知っているでしょ？」

「そうだけど……」

カエデは僕よりも強いから心配していない。ただ、ランス達と一緒っていうのがね……。

俯いて考えていると、モニカとお母様がムフフと笑いながら僕の顔を覗き込んできた。なんだかその顔はいたずらっ子みたい……って、そもそもモニカは子供か。

「カエデちゃんが取られないか心配なんでしょ～」

「ええ!? そんなことないよ。ただ」

「ただ？」

「……。先に行ってるよ」

お母様の指摘で、自分の気持ちに気づかされた。

僕は恥ずかしさをごまかすように、顔を真っ赤にしながら地下への階段を駆け下りる。

カエデと離れたことは何度かあったけど、彼女が僕以外の男と一緒にいるのはこれが初めてだ。

これが嫉妬《しっと》ってやつなのかな。胸がもやもやして、締め付けられる。

ああ、僕はなんて小さな男なんだ。彼女がランス達になびくはずもないのに……。

後ろめたい気持ちを早く払拭《ふっしょく》したいので、速度を上げる。

「結構深いな～」

嫉妬していたのが恥ずかしくて思いっきり走ったけど、全然階段が終わらない。

一段一段の段差が低いからそんなに下っていないのかもしれないけど、僕らの走る速度は相当なはずなんだよね、それなのに階段は終わらない。つまり、とても深い。

「お兄様〜！　怒らないでください、お兄様〜」

モニカは僕がからかわれて怒ったと思ったのか、追いかけてきてくれたみたいだ。

別に怒っていないので、追いついたモニカの頭を撫でる。

「怒ってないよ、モニカ」

「ほんと？」

「うん。少し恥ずかしくなっちゃってね」

歩きながら、はははと苦笑い。モニカの前ではカッコいいお兄ちゃんでいたいからね。

「あの人達に嫉妬しても恥ずかしくないです。お兄様はいつもカッコいいから、大丈夫です」

「ありゃ、バレてたの？」

「はい！　お母様達が言ってました。……でも、嫉妬ってなんです？」

なるほど、モニカは嫉妬の意味を知らないのか。

「ははは、僕も知らないよ、モニカ。それよりも、カエデお姉ちゃんに会いに行こう」

「は〜い」

ごまかすように話を変えて、モニカをお姫様抱っこする。

「お兄様のお姫様だっこ〜。嬉しいです〜」

恥ずかしがっていたのがどうでもいいくらいモニカに癒された。

まったく……凄いな、モニカは。

しばらく走っていると、ようやく階段が終わり、通路の先からランス達の声が聞こえてきた。

「魔物が来たぞ！　気をつけろ！」

「はい！」

「後ろからも何か来ているぞ」

はっきりと声が聞こえてきたので、手を振って合図する。

後方を警戒していたアウグストが、こちらに気づいて剣を収めた。

「ウィン。来てくれたのか」

「みんな無事？」

アウグスト達と合流して、みんなの無事を確認する。

この先は危険そうなので、エグザとグスタはここで帰すことにした。

二人の姿を見送ると、僕はカエデの手を取って歩き出した。

モニカは僕とカエデを見て満足そうに微笑んでいる。

「お兄様カッコいい～。王子様みた～い」

「王子様？」

「うん！　悪者からお姫様を助けるの～」

「悪者……」

モニカに悪者呼ばわりされて、アウグストとランスは複雑な表情だ。

ちょっと前までランス達は僕らの敵だったからそう感じたのかもしれないな。

「ふ、ふふ」

しばらく先頭を歩いていると、カエデが笑い出した。

「ど、どうしたの、カエデ？」

「嫉妬してくれたんだね。ありがとう、ウィン」

いきなり彼女が顔を近づけてきて、耳元でそう囁かれてしまった。彼女に嘘はつけないみたいだ。

「な、なんでわかったの、カエデ」

「私もそうだったから」

「え……」

「ふふ、一緒だね、ウィン」

そうか……カエデも僕を想って嫉妬していたのか。

自分の感情を恥ずかしく思ったけど、カエデも同じ気持ちだったことを聞いて、気が楽になったよ。

でも、これからはなるべくカエデと離れるのはやめよう。胸が締め付けられてたまりません。

「お兄様。大きなお部屋～」

ずっとまっすぐだった道に、終わりが来て、目の前に大きな部屋が現れた。

部屋の奥には家よりも大きな人型の像が見える。

「ボスかな？」

ゲームだったら、ここに魔境の核を持つ魔物がいそうだ。ボス部屋っていうのは大体、動きやすいように大きな部屋になっているんだよな。

僕を転生させてくれた神様もどうやらゲームが好きみたいな気がするし、そういう造りでも不思議じゃない。

僕らは恐る恐る像へと近づいていく。

像はとても強そうな大剣を地面に突き刺している。

どういうわけか、アウグストはその像を食い入るように見つめている。そして一言。

「…………親父？」

そう呟いて首を傾げる。

アウグストのお父さん、アリューゼ様の像が、こんな魔境の中にあるのはおかしい。

魔境は【僕だけの農場】と同じように、全くの別世界なはず。そう思ったけど、本当にアリューゼ様の像だとしたら、その考えは間違いだったのかな？

「確かにアリューゼの奴にそっくりだな。しかし、こんなところにあるはずがない」

ランスも腕を組んで像を見上げている。

「お兄様～、奥に何かあるよ～」

あれこれ考えていると、像の後ろからモニカの声が聞こえてきた。いつの間に後ろに回っていたんだ。

「カエデお姉ちゃん早く～。お兄様も～」

「モニカちゃん、どうしたの？」

「はは、そう焦らなくても」

手招きするモニカをカエデと僕が早足で追いかける。

急かされて走っていると、急に足元の影が揺らいだ。

「ウィン！」

「なっ！」

ズシッ！

突然、巨像の足が動き出して僕を踏みつけてきた。

僕に重くのしかかってくる巨像は、続けて勢いよく腕を振る。

ランスはうまく躱したみたいだが、アウグストが弾き飛ばされて地面を滑っていく。

「大丈夫か、アウグスト！」

「は、はい。なんとか」

アウグストのダメージはそれほどでもなさそうだ。

それよりも、今は自分のことに集中しなければ。

巨像は僕を踏みつける足に全体重を乗せてくる。

さすがの重さに跪いてしまうけど、それでも潰れないなんて、僕は何て頑丈なんだろうか……って、言ってる場合じゃないな。

僕の体よりも先に、地面がそろそろ限界らしく、足元がひび割れてミシミシと悲鳴を上げている。

この態勢だと耐えるのに精一杯で、自力で反撃できない。どうしたものか……。

「ウィンに何するの！」

「お兄様に乱暴しないで！」

突然の巨像の攻撃に驚いていたカエデとモニカが我に返り、加勢してくれた。

カエデは居合切りで踏みつけてきた足を切り崩し、モニカはもう片方の足をドロップキックで粉砕した。

巨像といえども、僕らの前では無力だ。

「俺の出番はないか」

加勢しようとしてくれていたランスが、剣を納めて一息つく。

「まさか巨像が動くなんて、油断してた。ごめんね、ウィン」

「ううん。大丈夫ありがとうね、カエデ」

カエデが手を差し伸べて立たせてくれた。

「お兄様！　まだ終わってない～」

「え？」

両足がなくなって巨像が動かなくなったから油断していた。

見る間に巨像の胴体が足に作り替わり、身長を犠牲に元の形に戻っていく。

体形に合わせて地面に突き刺さっていた剣のサイズも変わり、一回り小さくなった巨像は掴み取った剣をランスへと振り回した。

「ぐはっ！」

不意の攻撃に反応できなかったランスは、斬撃をまともに食らって血反吐を吐く。

剣は石でできているので、鋭利ではないが、痛そうだ。

元の大きさの巨像が大剣を振り回すと天井に当たってしまうが、小さくなった分、室内で剣を振り回せるようになったってことか。

僕らに向けて何度も剣を振り回す巨像。僕ら三人に狙いをつけている限りは大丈夫だけど、傷ついたランスとアウグストは危ない。

攻撃を避けながら考え、ランスに声をかける。

「ランス、大丈夫？」

「だ、大丈夫に決まっている。いざとなったら【神装】を纏う」

「そっか、よかった。じゃあ、邪魔だから部屋の外に出ていて」

「く……わかった」

ランスは苦々しい顔で、アウグストのもとへと近づく。

全力を出していないとはいえ、ランスを傷つけるなんて、やるね。

「アウグスト、怪我はないか？」

「ランス様。すみません」

ランスはアウグストを抱き起こして出口へと歩く。

その間も、僕らは巨像へと攻撃を繰り出す。

巨像はどんどん壊れていくけど、そのたびに再生して、サイズが小さくなるだけで形は変わらない。なんだかブロック崩しをやっているみたいな気分だ。

「これで、おしまい！」

――斬！

とうとう人間サイズに小さくなった像に、カエデの最後の一振りが命中する。

刃は何の抵抗もなく、首を切り落とした。

地面に落ちた首がゴロゴロと音を鳴らしてる。

「終わり～？　ドラゴンさんの方が強かったね～」

モニカがつまらなそうに呟く。

「ははは、グレートドラゴンは裏ボスだからね」

弱かったら裏ボスではいられないよ。

「じゃあ、モニカが見つけたものを見てみようか」

「うん！」

改めて、モニカが像の裏で見つけたものを確認するために奥へと向かう。

歩いていると、何かがおかしいことに気がついた。

「あれ？　巨像の破片がなくなっている？」

僕らは石でできていた巨像を少しずつ削って倒した。

だから削られた石が散乱していたはずなんだけど、それら全てがなくなっている。石像も魔物みたいに霧散するのかな？

「おじさんだ～れ？」

考察していると、モニカの声が聞こえて振り向く。そこには巨像と同じ姿の人間が立っていた。

「「モニカ⁉」」

見知らぬ人から遠ざけるために、カエデとともに駆け寄って抱き上げる。

「お前は誰だ！」

「……」

いつの間にか現れた壮年の大男へと問いかける。男は大剣を肩に担ぎ、無表情でこちらを見据えてきた。

「アリューゼ様⁉」

お母様と一緒に駆けつけてきたお父様が、驚愕の声を漏らす。

ヴィクトリアさんが僕らの前で壁になってくれた。

「なんであなたが……」

不用意に近づくお父様に向けて、男が大剣を振るった。

お父様はその剣をガードして後ずさる。

「あなた！」

「あ、ああ。大丈夫だ。それよりも気をつけろ。本物だ」

冷や汗をかいたお父様が、みんなに聞こえるように言った。一太刀で本物ってわかってしまったみたいだ。

「でもお父様、確かアリューゼ様は死んでしまっているはずでは？」

「死体を魔境の核に使われたのだろう。通常なら、生身の人間が自然に核になることはない。だから、何者かがそのように仕向けたに違いない。……まさか、これもツカーソンの仕業か……」

魔境を消すには、核を壊さないといけない。しかし核は十中八九、アリューゼ様の体内にある。

「お父様！　どうする？」

「くっ。倒すしかないのか……」

お父様は苦悶の表情で呼びかける。

「覚えていませんか、アリューゼ様！　私ですギュスタです」

少しずつ近づいて声をかけるが、アリューゼ様は無言を貫く。

「アリューゼ様！」

「……くっくっく……くくく、け～っけっけっけ」

お父様の必死の呼びかけに反応し、アリューゼ様がようやく口を開いたけど、それは人の言葉ではなかった。悪魔のような耳障《みみざわ》りな叫び。

「くけ～？」

アリューゼ様が大剣を振り回して風が起こる。まるで嵐だ。

ステータスを上げた僕らのようなチートの力を感じる。

「気をつけろみんな。たとえ魔境の核になったとしても、アリューゼ様の生前の力はそのままのはずだ。アリューゼ様の剣は嵐を呼び込む。神速を超えた剣は、真空を纏ってどんなものでも切り伏せる。我々でもただでは済まないはずだ」

お父様が脂汗をかいて叫んだ。真空か、それは危険だな。

「くけ～！」

「おっと。なるほど、私達の装備は切れないみたいね」

一番近づいていたヴィクトリアさんに、アリューゼ様の大剣が襲い掛かるが、持っていた槍で受け止めることができた。

「一気に切り伏せる！」

「くけけけ！」

反撃とばかりにヴィクトリアさんの槍がアリューゼ様を追い込む。

雨のように槍を突き出す神速八段突きにより、アリューゼ様の体に傷痕が刻まれていく。

圧倒的な手数だ。突破力が凄くて、ゲームではこの技のお世話になったよ。

「ぐげ……」

アリューゼ様は大剣を地面に突き刺して体を支える。本当に一気に片付けてしまった。さすがヴィクトリアさんだ。

「油断するな、核を壊すまでは回復する」

お父様によると、核を破壊しない限り回復するみたいだ。

「アリューゼ様……」

「くけ……。な……泣くな、ギュスタ」

「!?」

大剣に体を預けたままだったアリューゼ様が、人間の言葉を話し出した。

涙を流すお父様を見て、わずかに残っていた正気を取り戻したみたいだ。

「泣くな、ギュスタ。俺はお前をそんな軟弱に育てた覚えはないぞ」

「アリューゼ様……」

「ギュスタ！」

涙目のお父様が近づこうと駆け寄ると、アリューゼ様が怒鳴った。

「……近づくな。俺の体は魔の者になってしまっている。また少しすれば正気を失って、全ての者に刃を向けるだろう。すまないな」

アリューゼ様はそう言って首を垂れた。

「この通り、俺の体は強大な力を秘めている。魔境に利用する者が現れないように、死んだら燃やせと遺言したんだがな。クレースがやめさせてしまったか、それともツカーソンか。ところで、アウグストは元気にしているか？　しっかりと領地を見るように言ったんだがな。こうして魔境ができているということは、どこか外へ行ってしまったか」

アリューゼ様はそう言い終わると、大剣を引き抜いた。

「魔境の核が息を吹き返す前に、止めてくれるか、ギュスタ」

「はい。ですが、少し稽古《けいこ》をつけてください。あの頃のように」

「ふっ。いいだろう。行くぞ！」

動き出したアリューゼ様が言葉の通りにお父様へと切り込んだ。

お父様は笑顔で剣を受け止める。

「強くなったな、ギュスタ。ここまで対等に戦える時が来るとは」

「これもウィン……息子のおかげです。それに、今では私は王なんですよ。建国したばかりですがね」

お父様は満面の笑みで切り結ぶ。剣と剣のぶつかる火花が、二人を輝かせていく。

なんだか父親と遊ぶ子供のようだ。

「では、私が見た神託の通りということか。ヘイゼルフェード王は最大の親友を得られるな」

「王も言っていました。アリューゼ様は私を買ってくれていたと。ありがとうございます、アリューゼ様」

「ははは、死ぬとわかっていたから、王に言っておいたのだがな。生きてお礼を言われるとは、こそばゆいものだ」

はにかみながら切り結ぶ。やっていることと表情が合わなくておかしい感じだけど、なんだか良いな。

「楽しそ〜。私も〜」

「モニカ、久しぶりの再会だもの。邪魔しちゃダメ」

モニカが乱入しようとするが、お母様に捕まった。

頬を膨らませているけど、お母様の言うことはわかったみたいだ。

「なんだか本当に親子みたい。羨ましいから二人を抱きしめるわ〜。う〜ん」

ぼそっと呟いて、モニカと僕をまとめて抱きしめるお母様。

お母様はお父様をとられてしまったから嫉妬してしまったんだな。

カエデとランス達のことで嫉妬していた僕は、間違いなくお母様の子でした。

そんな中でも、剣と剣がぶつかり合って甲高い音が鳴り響く。

お父様とアリューゼ様は、アウグストとの確執も含めて、色々なことを話しながら稽古を続けている。

アリューゼ様の正気が残っているうちに話せるように、僕はアウグストとランスを呼んできた。

「お、親父……」

「アウグスト、最期に見たお前は泣いていたが、立派になったものだ。だが、周りに迷惑をかけるんじゃないぞ。領地を見ろ」

アリューゼ様はお父様と切り結びながら、アウグストに声をかける。

「お前にはこうして剣の稽古をつけられなかったな。ギュスタから教えてもらえ。いいな？」

「は、はい……」

「何を悩む？　戦争を仕掛けてしまったことは聞いた。悔いているのであれば、素直にギュスタのものになってしまえばいい。負けた者は全てを奪われる。世の理《ことわり》だ」

ランスもアウグストも複雑な表情だ。

「ランス。あなたもそうだ。相手が敵国ならば、此度の戦で殺されていてもおかしくなかった。だが、生かされて、貴重な経験を得た。ならば、ギュスタ達のためになるように尽力なされよ」

「わ、わかっている」

「ははは、変わらないな。そういえば、俺の代わりは見つかったのか？」

「うるさい。見つかるはずがないだろ」

「早く見つけることだ。あなたがいなくなったヘイゼル王国には、災厄がやってくるはずだから……」

「⁉」

アリューゼ様がとんでもないことを言った。みんな驚いて顔を見合わせる中、彼は続ける。

「生前、ヘイゼルフェード王にも伝えていたのだが、ギュスタと手合わせし、語り合ってわかった。俺が見た神託というのは、やはり予言のようなもののようだ」

切り結んでいるお父様が、汗を拭って口を開く。

「災厄とは？」

「神託では、魔物が群れで現れるといったものだった。俺の死体を使って魔境を作った奴の仕業かもしれないいな。まさか、ツカーソンがこんなことをするとは思わなかったがな」

アリューゼ様の体はお父様へと攻撃を繰り出しているのに、首から上は物思いにふけっている様子なのがおかしな感じだ。

「この魔境がそれでは？」

「その可能性もあるが、油断しないことだな。まあ、死んでいる俺が偉そうに言えないが。がっはっは」

豪快に笑うアリューゼ様。死んでもなお国を思っている軍神か。ヘイゼル王国は恵まれているな。

「さて、死人がいつまでも話していても仕方ない。そろそろ始末してくれ。魔境が消えたら、その場に俺の死体が出るはずだ。それをちゃんと保管するなり燃やすなりしてくれ。また魂を戻されるなんて、嫌だからな」

すっきりした顔でそう言ったアリューゼ様に、アウグストは拳を力強く握って応える。

「母さんと一緒にこの領地を……親父の残したものを守っていくよ」

「そうか、アウグスト。ならば、ギュスタの世話になれ。ランス、俺からの言葉を王に伝えてくれ。俺の領地はギュスタにやると」

「……ああ、わかった。確かに伝える」

「ありがとう。ギュスタ、息子と領地を、よろしく頼む」

「はい！　アリューゼ様」

アリューゼ様は満面の笑みを浮かべたままお父様に切られた。

体は両断されて、胸の辺りに赤く光る心臓が見える。

トドメを刺す直前、アウグストが涙目でお父様に駆け寄った。

「俺にやらせてください」

「大丈夫か？」

「はい……」

アウグストは懐からナイフを取り出して、赤く光る心臓へと突き入れた。

「……よくやった。アウグスト。立派に育ったな」

上半身のみになったアリューゼ様は、最期にアウグストを抱き寄せた。

アウグストはこらえきれずに涙を流す。

「親父……うっうっ」

「息子を頼んだぞ、ギュスタ」

「……はい」

「二人とも、そう泣くな。あぁ、そうだ。魔境の核としての記憶が入ってきたんだが、奥にある大剣は持っていった方がいい。本来は俺が使って侵入者を撃退するものだったらしいんだが、使う前に負けてしまった。かなり高価なものみたいだからな。使うなり、売るなりしてくれ。迷惑料といったところだ」

そう言い残して、アリューゼ様は霧と化して消えていった。

涙ぐむお父様とアウグスト。それを慰めるように、お母様とエグザ、グスタが駆け寄る。

「ウィン」

僕ももらい泣きしていると、カエデが奥にあった大剣を持ってきてくれた。

切っ先が大きくなっていて、悪魔的な凶悪さがあるデザインだ。

「みんな、悲しむのは後にしよう。魔境から出て、アリューゼ様の遺体を送って差し上げよう」

お父様が立ち上がってみんなを促す。

魔境の入口に着いた僕達は、次々と扉をくぐる。

最後にランスが出ると、魔境の扉は黒い炎に焼かれて消えた。

その燃えかすが集まり、アリューゼ様の遺体に姿を変える。

「魔境を作るには禁術が使われる。作った者も調べないといけないな」

お父様の説明を聞いていると、どこからともなく声が聞こえてきた。

『魔境のクリアを確認しました。人数は十人。時間は最短の三時間です』

無機質な音声が、脳に直接報告してきた。みんなにも聞こえているらしい。

「記録的な結果で魔境をクリアすると、天の声が聞こえるという噂があったが、まさか自分がその記録者になるとはな」

お父様が驚いた様子で呟く。

こっちの世界ではこういうのを初めて聞いたけど、そんなゲームみたいなシステムがあるんだな～。

っていうか、入って三時間も経っているのか。もっと短く感じたんだけどな。

「親父を屋敷に運ぼう」

アウグストにそう言って、僕はアリューゼ様の遺体を農場へと入れる。

「大変だから僕に任せて」

「ありがとう。それにすまなかった……」

アウグストはお礼を言うと、申し訳なさそうに頭を下げた。

魔境を作ってしまったことへの謝罪なのか、戦争をしかけた件についてなのかはわからないけど、素直に申し訳ないと思ったのは偉いね。

「いい子いい子」

謝っているアウグストの頭を、モニカが撫で撫でする。

可愛い妹に撫でられているのだから素直に喜びなさい、名誉なことだぞ。

微笑ましく二人を見ていると、また天の声が聞こえてきた。

『ウィンスタ王国、王ギュスタ、王子ウィン。ならびに王妃リリス、王女モニカ。記録保持者としての名誉を与える』

お父様は驚愕しているけど、みんなはどれだけ凄いことになっているか理解できていないようだ。

「魔境にこんな機能があったとは……。この天の声は全ての人に聞こえるようになっているはず。これから大変なことになるかもな」

お父様はそう言ってため息をついた。

「あなた……。今はアリューゼ様のことだけ考えましょう」

「あ、ああ、そうだな」

お母様に抱きつかれて、お父様は落ち着いたようだ。

二人とも天の声が言った内容を気にしていたみたいだけど、聞いちゃいけないような気がして、僕は口を閉ざした。

僕とモニカを見ると微笑んだ。

そのまま二人はアウグストの屋敷へと歩き出す。

◇

アウグストの屋敷に帰ってくると、クレースさんとシュタイナー君が僕らを迎えてくれた。

「皆様、ありがとうございました。シュタイナーちゃんから色々とお聞きしました。この度は本当に、うちのアウちゃんがご迷惑を……」

僕らを待っている間、シュタイナー君が話してくれたみたいだね。

まあ、もう済んだ話だから。

頭を下げるクレースさんを起こして、お母様が話す。

「それはもういいんですよ、クレースさん。それよりもアリューゼ様のご遺体をどうするかを決めましょう」

クレースさんは泣きそうになりながらアウグストに問いかける。

「アウちゃん。どうしようかしら」

「……親父の遺体を保管していたら、また使われるかもしれない。俺は燃やした方がいいと思う。親父は冒険者の生き方に憧れていたから、燃えれば遠くへ行けるだろ？」

感慨深く空を見るアウグストの横顔は、少し大人びて見えた。

「わかったわ。じゃあ準備をするわ。しばらく外すから、皆さんをおねがいね、アウちゃん」

そう言って、クレースさんは一人席を外した。

「ところでウィン、捕縛したツカーソン達はどうしましょう？」

「それは俺が王都へ運ぼう。エグザとグスタも一緒に行くぞ」

シュタイナー君がツカーソンのことを言うと、いち早くランスが返事をした。

「ええ！　そんな～」

「やっと一息ついて白米が食べられると思ったのに」

エグザとグスタはやっぱり白米が食べたいみたいだな。仕方ない、用意しておいてあげるかな。

ランスには、アリューゼ様の遺言を王に伝えるっていう目的もあるからね。

しかし、王は首を縦に振るのかな？　自分の国の領地を僕らにあげるってことだからな～。

「ランス様。そろそろ日も落ちてきます。今日はここで休んでください。みんなも」

アウグストがそう言うと、エグザとグスタは明らかに嬉しそうな表情をした。

僕らは普通に帰りたかったけど、折角だからお言葉に甘えるか。

「では、ツカーソンの部下は野ざらしでいいでしょう。人を殺めようとしたのだから、罰を与えなくては。それに、百人も収容する場所はありませんからね」

「ええ!?　百人もいたの？」

シュタイナー君の言葉に驚いて声を上げてしまった。

「はい、皆さんが魔境を破壊しに行った後、援軍がやってきましたよ。まあ、私の敵ではありませんでしたがね」

ははは、ツカーソンはどれだけ大物だったんだ。

◇

「おお〜。白米！」

「夢にまで見た白米だぜ、アウグスト！」

夕食のテーブルに並んだ白米を見て、エグザとグスタが歓声を上げた。

クレースさんが用意してくれていたお肉料理に合うように、僕らで白米を炊いたんだ。

アウグストの領地にも種もみを渡してあるから、遠からず米が食べられるようになるだろう。

「俺の領地にも米を作らせてくれよ」

エグザが白米を頬張りながらお父様に懇願する。

「私達の作物は少々特別でね。信頼した相手にしか卸《おろ》さないことにしたんだ」

「ええ!?　魔境を一緒に攻略した仲間だろ」

「そうは言うが、ランスについてきたのは白米のためだろ？　信頼するにはまだ早いな」

痛いところを突かれ、エグザとグスタがうなだれる。

「二人とも、ついこの前まで敵対していたんだから仕方ないだろ。それに、今度からギュスタ達の国の世話になるんだ。これから信頼を得ていけ」

ランスは偉そうなことを言いながら、自分はお肉と白米をかっ込んでいる。

その姿は無邪気な少年という感じで威厳《いげん》の欠片《かけら》もなく、エグザ達は呆れ気味だ。

「信頼を得るには時間が必要だ。それは父上から教えてもらった」

彼らの視線にも気づかず、ランスはありがたい言葉を語り続けている。

それだけ白米が美味しいんだから、仕方ないな。

オロミさんに言って、お米を分けておいて正解だったな～。

僕の策略通り、ランス達は白米中毒になっているぞ。

お米を大量供給できるようになった暁には……ふっふっふ。

内心でほくそ笑んでいると、クレースさんが僕を褒めてきた。

「ウィンさんは色んな食材を知っているのね～。おばさん、驚いちゃった」

「それほどでも」と謙遜すると、お父様が首を横に振った。

「ウィンには色々と助けられているんです。私にはもったいない息子ですよ」

「ふふ、私にとってのアウちゃんのようなものですね」

クスクスと笑いながらも嬉しそうに話すクレースさんの言葉に、アウグストは顔を真っ赤にして俯いた。

ええ、僕ってアウグストみたいなの？　なんだかショックだ。

「お兄様はアウちゃんじゃないよ。お兄様はもっと～っと凄い人だよ～」

「え～、アウちゃんだって凄いのよ～。だって助けに来てくれたもの」

モニカとクレースさんが身内自慢を繰り広げている。

「モニカちゃんはお兄ちゃんが大好きなのね」

「うん！　お兄様はカッコいいの。お父様やみんなを助けてくれたんです」

「そうなの、素敵ね〜」

食事が終わりに近づく頃には、いつの間にか二人は仲良くなっていた。

アウグストじゃないけど、あまりに褒めるものだから、今度は僕が両手で顔を隠すはめになった。

食後のお茶を飲み終えると、クレースさんは急に立ち上がって、僕に視線を向けてきた。

「さあ、そろそろあの人とお別れね。ウィンさん……」

「え？　あ、はい」

急な変化にみんな驚いている。

火葬は明日の朝にやると思っていたけど、今日中にお別れするみたいだ。

「皆さんと楽しくお話しして、元気が出たわ。これであの人ともお別れできる」

そう言って、彼女は屋敷の外へと歩き出す。

くつろいでいたみんなも、立ち上がってクレースさんについていく。

「こちらの棺に、あの人を……」

庭の一画には、木製の棺と大量の薪が用意されていた。

僕はアリューゼ様の遺体を現実の世界に出すために一度農場へと入った。

こういう時、時間が止まるから便利だ。

◇

農場に着いた僕は、納品箱へと視線を向ける。

「農場に送ったものは納品箱の横にあるはず……ん？」

そこには大きな魔物達の死骸の山とともに、見覚えのある人影が立っていた。

「……ん？　あの人は。わあ!?」

「バウバウ！」

「な、なんだ、この動物！」

死骸の山の陰から現れたトカゲとも犬とも表現できるような動物が、僕に飛びついてきて顔を舐め回してきた。

この動物はまさか森で戦った魔物？　なんで生きているの!?

「ギャウ、ギャウ！」

「わあ!?　今度はサラマンダー!?」

モニカが狩ってきた大きなトカゲも僕に顔をすり寄せてきた。

よく見ると、今回狩った魔物達が各種族一種類につき一匹ずつ、僕の周りで大人しく待っている。

「ウィン。どうやらお前のスキルの中に入ると、死体や死骸はお前のものになるようだな。それも生き返ってな」

僕にそう声をかけてきたのは……。

「!?　アリューゼ様!?」

確かにトドメを刺された彼が、楽しそうに魔物達の頭を撫でている。

これは夢かな？

「ははは、夢じゃないぞ。まあ、俺も夢だと思ったけどな」

頬をつねって確かめていると、アリューゼ様が笑いながらそう言った。

よく見ると、彼の頬も赤くなっている。自分で頬をつねっていたみたいだ。

「なんでこんなことに？」

「おいおい、それは俺が聞きたい。まあ、俺の死体を利用するのなら、ギュスタ達に使ってほしいとは思っていたが、生き返るとはな。これは神託にはなかったから、驚きだ」

アリューゼ様は感慨深く天を仰ぎながら、うっすらと涙を滲ませる。これはクレースさんとアウグストが驚くぞ〜。

◇

「――ウィンさん？　どうかこの棺にあの人を」

農場から戻ると、クレースさんが催促してきた。悲しそうな顔で、何ともいたたまれない。

愛していた人と別れの時だからね。

「あの人のことが忘れられなかったけれど、これ以上あの人をこの世に残していては、嫌われてしまうわ。そんな未練がましい女だとは思わなかったぞってね」

僕がアリューゼ様を出しあぐねていると、クレースさんはそんな言葉を紡いだ。アリューゼ様との別れを惜しんで僕が出さないと思ったんだね。

「クレースさん。それにアウグスト。僕には不思議な力があるんだ。スキルって知っているでしょ？　僕は凄いスキルを持っているんだ」

「ウィンさん？」

みんな僕が何を言い出したのかと、不思議そうに首を傾げている。

「実は……カエデやシュタイナー君。ヴィクトリアさんやエレクトラさんも知らないことが起こっちゃった」

「え？　ウィン。それってまさか……」

僕はカエデに頷いて――

「うん。【アリューゼ召喚】」

――アリューゼ様を召喚した。

みんな驚いて、アリューゼ様へと視線を向ける。

「あ、あぁ！　あなた！」

クレースさんは我慢できずにアリューゼ様に抱きついた。

「ははは、クレースはこんなに泣き虫だったか？　……ただいま、クレース」

「お帰りなさいませ……」

二人は見つめ合って、人目も憚《はばか》らずに唇を重ねる。

死んだはずの最愛の人が生き返る。僕はそんな奇跡を起こしてしまった。

「親父……」

「アウグスト。短い別れだったな。どうやら、お前の剣の稽古ができそうだ」

「いや、それはいい。ギュスタに頼んだんだ。俺はギュスタに教わるよ。親父は俺よりも母さんを大事にしてくれ」

アウグストはお父様をちらりと横目で見ながらそう言った。

アリューゼ様は一瞬複雑な表情になったけど、すぐに成長した息子に優しい目を向ける。

「そ、そうか。大人になったな」

必要じゃなくなった棺は、みんなで片付けることにした。

その最中、アリューゼ様が口を開いた。

「ツカーソンは、尋問したのか？」

ツカーソン達は外で待ちぼうけさせているので、首を横に振って答える。

「そうか。色々話を聞かねばな。あいつが簡単に私の家族を傷つけるとは思えない。きっと何か理由があるのだろう。アウグスト、ギュスタ、一緒に来てくれるか？」

アリューゼ様はアウグストの肩を叩いてツカーソンのもとへと歩き出す。

お父様も尋問に加わるみたいだ。

僕は尋問なんてやりたくないな～。魔境を作った方法とかには興味あるけど、それは後で聞けばいいしね。

「私達はどうする？」

カエデが僕に聞いてきた。

「お父様達は長くかかりそうだし……一足先に家に帰ろうかな。僕らだけならすぐ着くし、今帰れば明日の朝は家で食べられる」

今夕食をご馳走になったばかりだというのに、朝ご飯のことを考えたら、無性に納豆が食べたくなった。

は～、早く醤油で納豆が食べたい。白米があるのに納豆がないなんて、この世界はどんな罰ゲームなんだ。

卵ご飯は最高のものがあるけれど、やっぱり納豆が欲しい。

そういえば、ボドさんが商人ギルドに醤油などの調味料について問い合わせていたはずだ。そろそろ結果が聞けるかもしれない。

よし、帰ろう。

「お、おい！　帰るって、俺達はどうなるんだよ？」

「そうだぞ。俺達は普通の人間なんだ、一緒に走れないからな」

エグザとグスタが自分勝手なことを言いはじめた。

また担いでいくのもいいけれど……こいつら米食わせろってうるさいからな～。

僕の困り顔を見て、シュタイナー君が察してくれた。

「わかっています。ツカーソンの部下がまだいるかもしれませんからね。私が残りますよ」

シュタイナー君は僕のために残ってくれるみたいだ。

彼はいつも僕に尽くしてくれるから、今度美味しいご飯を作ってご馳走しないとな。

「じゃあ、お願いするね。後はよろしくー」

「いや、そうじゃなくてだな。俺達も……」

「って速すぎだろ。もう見えないぞ」

僕らは一瞬で森へと走り出していた。

エグザとグスタが何か言っていたけど、シュタイナー君がいるから大丈夫だろう。

とりあえず、隣の領地の問題も解決したし、明日からは食べ物のことに専念できるぞ。

さあ、楽しくておいしいスローライフを築いていこ～。

巻末特別付録
キャラクターデザインラフ集

ウィン

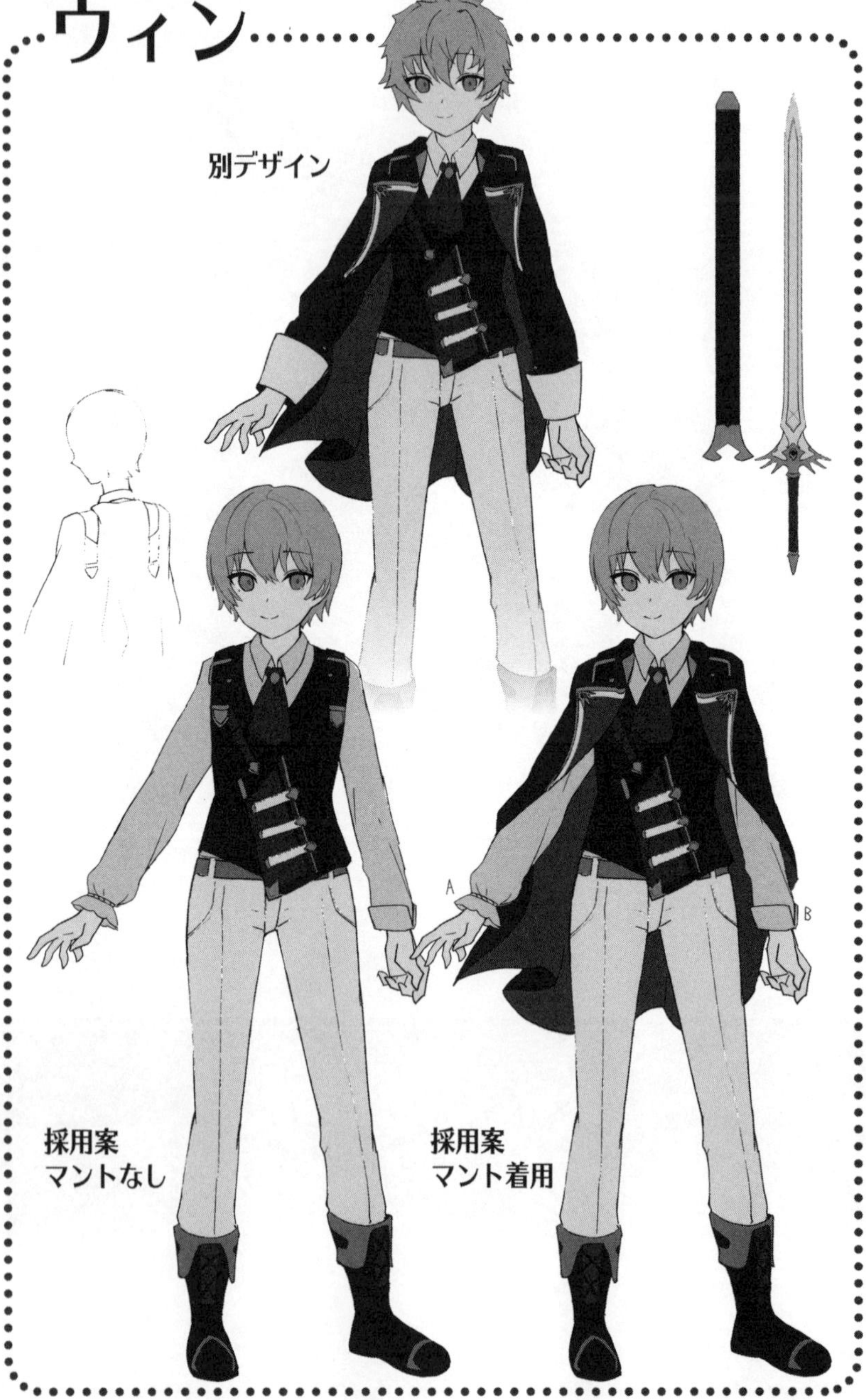

モニカ

ギュスタ

別デザイン　　採用案

リリス

過労死した俺は異世界に転生し、アルフレッドという6才の少年として生きることに。前世が薄幸だった分、家族と穏やかに暮らしたい……と思っていたら魔法はチート級、剣技も大人顔負けと、なんだか穏やかじゃない!?　更にお手伝い感覚で村を整備したら、随分立派な感じになってしまった。その評判を聞きつけて王都の騎士団が調査に来るし、時を同じくしてゴブリンの軍勢に襲われるし……もしかして俺、トラブル体質?

●定価：1320円（10%税込）　ISBN 978-4-434-29398-6　●illustration：結城リカ

ハズレ属性土魔法のせいで辺境に追放されたので、
ガンガン領地開拓します！
1・2
Hazure Zokusei Tsuchimaho No Sei De Henkyo Ni Tsuiho Saretanode, Gangan Ryochikaitakushimasu!
Author
潮ノ海月
Ushiono Miduki
ハズレかどうかは使い方次第!?
蔑まれてる土魔法で
未開の村を
快適に開拓!!
第13回
アルファポリス
ファンタジー小説大賞
優秀賞
受賞作!!
グレンリード辺境伯家の三男・エクトは、土魔法のスキルを授かったせいで勘当され、僻地のボーダ村の領主を務めることになる。護衛役の五人組女性冒険者パーティ『進撃の翼』や、道中助けた商人に譲ってもらったメイドとともに、ボーダ村に到着したエクト。さっそく彼が土魔法で自分の家を建てると、誰も真似できない魔法の使い方だと周囲は驚愕！　魔獣を倒し、森を切り拓き、畑を耕し……エクトの土魔法で、ボーダ村はめざましい発展を遂げていく!?
●各定価：1320円（10%税込）　●Illustration：しいたけい太
ハズレ属性土魔法のせいで辺境に追放されたので、ガンガン領地開拓します！
2
更なる辺境でもハズレ属性が大活躍!!
職人ワザの土魔法で
巨大長城築造!?

この作品に対する皆様のご意見・ご感想をお待ちしております。

おハガキ・お手紙は以下の宛先にお送りください。

【宛先】

〒150-6008 東京都渋谷区恵比寿4-20-3 恵比寿ｶﾞｰﾃﾞﾝﾌﾟﾚｲｽﾀﾜｰ 8F
（株）アルファポリス　書籍感想係

メールフォームでのご意見・ご感想は右のＱＲコードから、
あるいは以下のワードで検索をかけてください。

アルファポリス　書籍の感想　検索

ご感想はこちらから

本書はWebサイト「アルファポリス」(https://www.alphapolis.co.jp/) に投稿されたものを、改題、改稿、加筆のうえ、書籍化したものです。

スキル【僕《ぼく》だけの農場《のうじょう》】はチートでした
～辺境《へんきょう》領地《りょうち》を世界《せかい》で一番《いちばん》住《す》みやすい国《くに》にします～

カムイイムカ

2021年11月30日初版発行

編集－仙波邦彦・宮坂剛
編集長－太田鉄平
発行者－梶本雄介
発行所－株式会社アルファポリス
〒150-6008 東京都渋谷区恵比寿4-20-3 恵比寿ｶﾞｰﾃﾞﾝﾌﾟﾚｲｽﾀﾜｰ8F
TEL 03-6277-1601（営業） 03-6277-1602（編集）
URL https://www.alphapolis.co.jp/
発売元－株式会社星雲社（共同出版社・流通責任出版社）
〒112-0005東京都文京区水道1-3-30
TEL 03-3868-3275
装丁・本文イラスト－LLLthika
装丁デザイン－AFTERGLOW
印刷－中央精版印刷株式会社

価格はカバーに表示されてあります。

落丁乱丁の場合はアルファポリスまでご連絡ください。

送料は小社負担でお取り替えします。


ISBN978-4-434-29624-6 C0093